JN062027

芭蕉庵
蕪村碑
金福寺参詣記

藤田真一
富田志津子
編

和泉書院

蕪村筆「芭蕉像」

清絢（清田儋叟）賛

こもを着て誰人います花の春
花にうき世我酒白く飯黒し
ふる池やかはず飛こむ水の音
ゆく春や鳥啼魚の目はなみだ
おもしろふてやがてかなしきうぶねかな
いでや我よきゝぬ着たり蟬衣
子ども等よ昼がほさきぬ瓜むかん
夏ごろもいまだ虱をとり尽さず
名月や池をめぐりてよもすがら
はせを野分して盥に雨をきく夜かな
あか〳〵と日はつれなくも秋のかぜ
いな妻や闇のかたゆく五位の声
櫓声波を打て腸氷る夜や泪
世にふるもさらに宗祇の時雨*かな（*やどり）
年の暮*線香買に出ばやな（*市）

〈賛〉

才腴貌癯　錦心綉腸
行雲流水　十暑三霜
野老争席　桃季門墻
人与骨朽　言与誉長
勒珉此処　建冢多方
維斯名寺　風水化揚
卜隣高士　魂其帰蔵
雖非桑梓　維翁之郷
越国文学播磨清絢

表紙

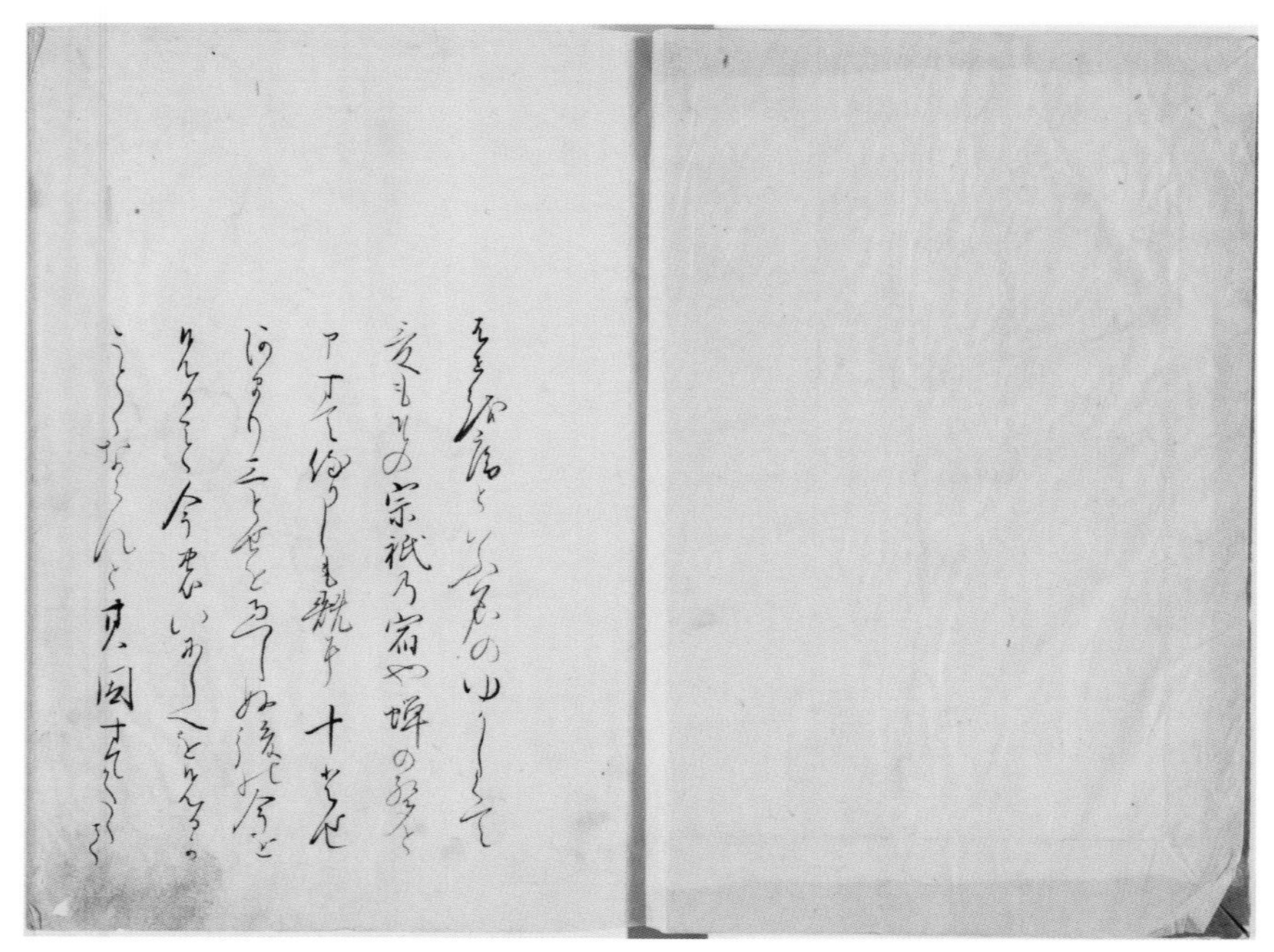

壹１オ（本文 15 頁）

壹２オ　　（本文 15 頁）　　壹１ウ

壹３オ　　（本文 15-16 頁）　　壹２ウ

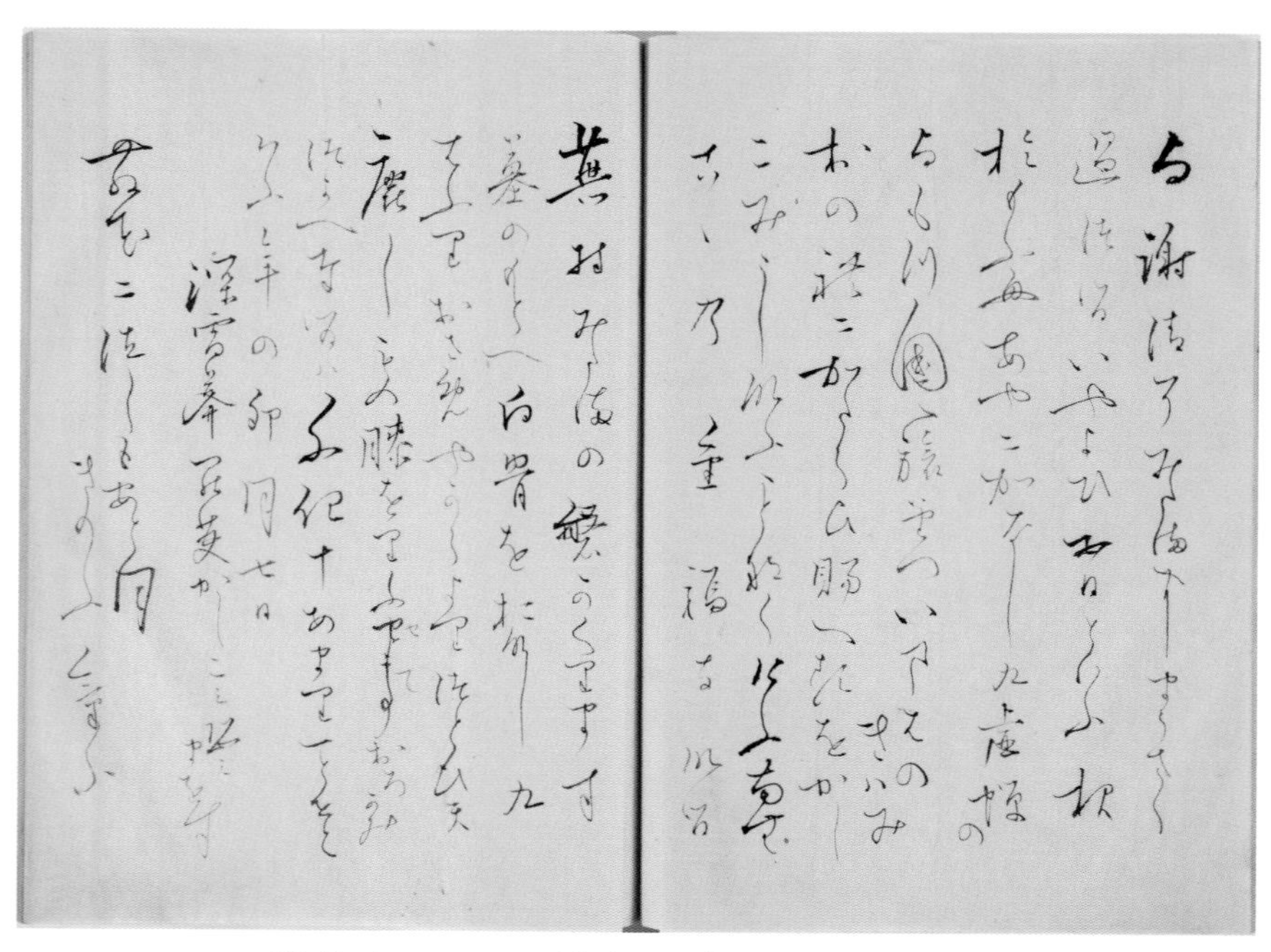

壹 42 オ　　（本文 29 頁）　　壹 41 ウ

蕪村筆二見形文台と硯箱

目次

金福寺の紹介と「金福寺参詣記」発見の経緯

金福寺　小関素明

この度、当寺に古蔵する古記録が「金福寺参詣記」と銘打って、与謝蕪村研究の第一人者である藤田真一氏（関西大学名誉教授）と富田志津子氏（姫路獨協大学教授）のご尽力によって翻刻され、関連分野の専門研究者の方々や近世日本の俳諧史に関心をもたれる一般の方々にも見やすい形で公刊できるのは、当寺を守るものとして望外の喜びである。両先生に深く感謝申し上げる。

私は当該分野には門外漢であるため、当寺をあずかる身でありながら、この古記録に関する知見は皆無に等しいことを恥ずるばかりであり、この書の性格や学術的価値に関しては巻末の藤田先生の要所をえた「解説」に教えられるのみである。ここでは、読者諸賢の参考になるかどうか自信はないが、少し裏話的なことも含めた当寺の由来や、この書が公刊される運びとなった経緯について述べて責をふたぐことにしたい。

当寺は佛日山金福寺（こんぷくじ）といい、臨済宗南禅寺派の寺院である。現住所は「京都市左京区一乗寺」であるが、当寺に古蔵する与謝蕪村著の「洛東芭蕉庵再興記」に「四明山下の西南一乗寺村に禅房あり…」とあるように、江戸時代も周囲を一乗寺村と称した。全国的にはあまり知られていない地名であるが、近隣には石川丈山の別荘地として有名な詩仙堂、徳川家康の発意による日本最古の木製の活字（重要文化財）を所蔵していることで知られている名刹圓光寺、山岳信仰で有名な狸谷不動、青蓮院、三千院、妙法院、毘沙門堂とともに天台五門跡の一つに数えられる曼殊院、少し足をのばせば後水尾天皇の別荘地であった修学院離宮など観光名所が散在し、特に秋には紅葉目当ての観光客で賑わう。近年では、ラーメン通の間で知られているラーメン街道のあるところといった方が通りがいいかも知れない。

さらに、比較的近隣に京都大学、同志社大学、立命館大学（一九八〇年までは御所東の広小路地区に所在）、京都工芸繊維大学、京都府立医科大学、京都府立大学、京都産業大学、京都造形芸術大学（現京都芸術大学）など京都のほとんどの大学が集中しているため、学生人口の多い京都でも、とりわけ学生の人口密度が高く、独特の雰囲気が感じられる活気のある地区としても知られている。いわば比叡山を背景にした静謐な都市近郊農村の風景と若者の活気がほどよく混淆した地区である。

私が小学生であった高度成長の直後までは都市近郊農村の景観と雰囲気を色濃く留めており、往時よりは少なくなったとはいえ、いまでも大きな蔵を残した農家が近在に点在する。私の幼少期には、いまにして思えば、白川女の末裔かと思わせるような花売りの女性（老女）が、道中を往来していた。柴売りの女性はさすがに見た記憶がないが、かつて大原女が行き来したであろう八瀬を通って大原、途中、花折れ峠、朽木をへて若狭へ抜けるいわゆる鯖街道（若狭街道）がすぐ脇を通っている。この他に大津へ抜ける志賀越えや、比叡山の登山道でかつて延暦寺の山法師が往来した雲母坂が近い。つまり、農村ではあるが、往時より商売人、行者、旅人などの往来の頻繁な地域でもあった。現在でも、往時の名残をとどめる街道沿いの茶屋や料理屋がわずかに残っている。芭蕉が京都吟行のおりに、訪れたとしても不思議はない。また、与謝蕪村が当寺で詠んだとされている句に、「夏山や通ひなれにし若狭人」と、若狭からの海産物を洛中に運ぶ商人の姿が夏山の風景のなかに溶け込んでいるさまに風情を感じるという句があるが、建物の少ない蕪村の時代ならば、当寺の近くからそうした商人の姿が見えたというのは十分にありうることである。

当寺の創建は平安時代初期の貞観六年（八六四）とされており、最澄の弟子で第三代天台座主である慈覚大師（円仁）作と伝承される聖観世音菩薩が本尊として安置されている。創建当時は天台宗の寺院であった。おそらく比叡山が近いことから、延暦寺の末寺であったと思われる。その後の記録がほとんどないため、以後の来歴について確かなことは分からないが、荒廃していたようである。ようやく貞享から元禄期にいたって、圓光寺の住持であった鉄舟によって再興され、やがて臨済宗南禅寺派の寺院となって今日に至る。

鉄舟が再興する以前のことを記した記録としては、私が知るかぎり、大正二年（一九一三）刊行の奥付があり、当時の金福寺住職であった佐座宗侃（そうかん）によって著された「一乗寺村金福寺芭蕉庵由来記」に以下の記述があるのみである（旧漢字・旧仮名遣いは読みやすく改めた）。

寿永の荒乱に逢うて寺観一時に頽廃し爾後数百年の間、一堂宇の存じてわずかに莵径（とけい）を通ずるのみ。山林の封疆（ほうきょう）、寺門の名称も永く跡を絶たんとせしが、天正の始め堂司の僧、霊夢に感じて再興に志し佛日山金福寺と名づけ、ついで豊太閤に至り木村貞勝、前田玄以等に命じてその賦税を除かしめ、徳川氏に及びては旧跡ならびに山林等を返還して本尊の供養に充（あ）てしめられ、寺禄漸く旧に復するを得たり（同書、六頁）。

これによれば、いわゆる治承・寿永の内乱（一一八〇～八四年頃）以来、「一堂宇の存じてわずかに莵径を通ずるのみ」というほど荒廃していたが、天正期に「佛日山金福寺」という山号が与えられ、豊臣秀吉や徳川家康の時代にいたってようやく寺院の経済的基盤が整ったとされている。この当寺の復興と関係があるかどうかは不明であるが、昨二〇二〇年に私の勤務している立命館大学考古学教室の高正龍教授のグループが、当寺の境内に無縁となって野面積みのように置かれている五輪塔を調査したところ、墓碑銘に天正（一五七三～九二）、慶長（一五九六～一六一五）、寛永（一六二四～四四）といった年代が彫られていることが判明した。もっとも古いものは本能寺の変の翌年である天正十一年（一五八三）であった。少なくとも、織豊期ぐらいには、墓地を附設した寺院としての何らかの実体があったことがうかがわれ、右の記述と符合するようにも思われる。

元禄期以降、南禅寺派の寺院となってからは、住持は本山から派遣された。基本的に、現住と前住との間に血縁関係はないわけだが、近代に入り、僧侶にも妻帯が認められて以降は血縁関係で住持を引き継いでいくことが可能になり、当寺の場合は私の祖父小関清治郎が大正十三年（一九二四）に南禅寺から派遣されて第十一代住職となって以降、小関家は私で三代目である。

祖父の小関清治郎（一八九九～一九八九）は、名古屋の商家の出で、本人の生前の言によれば、十六歳のころ継母と折り合いが悪く家を飛び出し、木曽の禅寺で（本人の生前の言によれば）「厳しい」修行をした後、南禅寺にはいってさらに修行をつみ、大正十三年（一九二四）、二十代半ばで当寺に看護（住職見習いのようなもの）として派遣された直後に先住（前出の佐座宗侃）が死去したため第十一代住持となり、以来九十歳で亡くなるまで現役であった。生前の言によれば、祖父は名古屋商業に一番で入学（真偽不明）はしたが、人生に深く悩み（同前）学業に身が入らず、その後正規の教育を受けることはなかったとのことである。その一方で、独学で俳句にいそしみ、当寺に在住してからは寺務のかたわら趣味人として悠々自適の生活を送っていたが、敗戦後は農地改革で当寺が所有する土地の多くが没収されたために経済的に困窮し、急遽当寺からほど近い京都大学の文学部国史研究室に附置されていた史料室の図書出納掛に雇用されることとなった。

祖父は当初この環境変化に戸惑ったようであったが、当時在職しておられた中国文学の吉川幸次郎先生に漢詩を添削していただいたり、当寺に与謝蕪村の墓があることが機縁となり、蕪村研究者として著名な潁原退蔵先生の知遇を得たり、得るところは大きかったようである。当寺でそれら先生方の何かの集まりが催されたこともあったように聞いている。当寺の与謝蕪村の墓所の下に潁原退蔵先生の筆塚があるのは、この時の機縁によるものである。

祖父以前の住職に関しては、過去帳が残っていて没年と戒名はほぼすべて判明するが、第何世ということに関しては、「看護」とみなすべきか、正式の住職と数えるかなどで複数ある過去帳によって記載が若干異なる人物が存在し、曖昧な点がある。治績のあった住職としては当寺を再興し、芭蕉が来訪した頃に在住し、親交を深めたとされる鉄舟和尚のほか、与謝蕪村が句会を開いていたころに在住した第六世の松宗和尚などがいる。

当寺には俳人関係の遺跡、遺物が多い。まず目につくのは、枯山水の庭園の後丘にあり、庭園の借景に溶け込んでいる茅葺き屋根の芭蕉庵である。これはすでに蕪村の在世の頃に、かつて芭蕉が訪れていた芭蕉庵の旧跡と言い伝えのあった場所に、芭蕉を尊崇していた蕪村が一門とともに発意し再興したものである。その経緯を記した蕪村自筆の「洛東芭蕉庵再興記」が当寺に古蔵されている。この再興のために、蕪村は写経社会という俳句結社を結成し、句会を当寺で開いていたことが記録に残っている。

蕪村が再興した芭蕉庵はそのまま現存しているが、近年あまりに痛みが激しく、倒壊のおそれが生じたために、二〇二〇年度にかなり大幅な修復を行った（二〇二一年二月に完成）。柱や梁のいくつかを取り替えたが、当時のもので使える建材はそのまま残した。芭蕉庵のほとりには、当時の寺住であった鉄舟和尚が芭蕉をもてなしたと伝えられる「翁之水」と称する井戸がある。現在は飲料水としては使用していないが、今でも水をたたえている。

芭蕉庵を見下ろす小高い場所に、与謝蕪村の墓所がある。生前に「我も死して碑に辺せむ枯尾花」と詠んだ蕪村の意を汲んで、弟子たちによって遺骨が埋葬されたものである。隣接して、蕪村の弟子である江森月居や大魯、さらには四条派の画家である松村呉春（月渓）と異母弟の景文らの墓がある。

この他に蕪村関係の遺物として、蕪村の絵が墨書で書き付けられ、与謝蕪村一門が当寺で句会を開いていたおりに愛用されていた文台と重ね硯箱のほか、紙ものでは「与謝蕪村筆　芭蕉像」が寺宝として展示されている。

この他に後代の俳人関係の遺跡として、京阪満月会を興したことで知られる中川四明（一八四九〜一九一七）の句碑と、正岡子規門下で大阪俳壇の重鎮であった青木月斗（一八七九〜一九四九）の墓が与謝蕪村の墓所の近くにある。ために古来俳人や俳句に関心のある来観者が多く、昭和初年には高浜虚子が訪れ、「行く春や京を一目の墓どころ」という句を詠んだことでも知られている。当時すでに寺住であった祖父は、虚子と会ったと語っていたことを記憶している。私の幼少期に祖父は「金福寺は俳諧の聖地じゃ」と胸をはっていたのを思い起こす。

この他に当寺は、幕末に井伊直弼、長野主善の愛人で、安政の大獄のおりに幕府方の密偵として勤皇方の動向を探っていた村山たか（可寿江。一八一〇〜七六）の終焉の地としても知られている。文久二年（一八六二）に勤皇方に捕縛され、本来ならば死罪になるところ（同時に捕縛された彼女の実子は死罪）、女子であるとの理由で罪一等を減ぜられた彼女は、三条河原に三日三晩生き晒しになった後助けられ、当寺に尼僧として入り、妙寿と名を改め、明治九年（一八七六）に没するまで一四年間当寺を守った。本墓は圓光寺にあり、当寺には参り墓がある。

彼女ゆかりの品として、手縫いの檀引き、彼女の寄進した弁天像とそれを収めた弁天堂、福巳塔などがある。彼女は巳年生まれであり、自分が九死に一生を得たのは巳の加護によるものとして、慶応元年（一八六五）に弁天像と弁天堂を寄進するとともに（たか女自筆の棟札が現存している）、自身の干支である巳を祀った。弁天像とそれを収めた弁天堂が現存している。

余談になるが、西田幾多郎に師事しカント研究で知られる高名な哲学者（京都帝大教授）で、戦後は文部大臣（第三次吉田内閣）、獨協大学初代学長などの要職を歴任したことでも知られる天野貞祐氏（一八八四〜一九八〇）が明治末年に京都帝大に在学しておられたおり当寺に下宿しておられ、この弁天堂に仮寓されて勉学にいそしんでおられたことは一般にはあまり知られていない。それから十数年後の大正十三年（一九二四）に当寺に派遣された祖父小関清治郎はこのことに関心を持ち、後年天野氏に当時の状況を尋ねたこともあったようである。祖父が筆の荒び（すさび）にしたためた随想集『幕末秘録』（私家版、一九八三年）からそのくだりを引用する。

昭和五十五年三月末日、天野先生が逝かれた。自分としては京都大学で一寸御目にかかったのみであるが、金福寺と先生とは古いゆかりが有る。洛味と云う小雑誌に先生が自ら投稿された文章では明治四十二年頃先生は一九才で、京大哲学科の一年生で金福寺の一室に寄宿していた。その頃の一乗寺村と云えば全くの仙境で交通の便悪く京大迄一粁半（現在は三・八キロぐらい――引用者）、徒歩で通学した。寄宿している部屋を法要にて使うから、と云うので境内の弁天道へ移らされた。

（中略）

或る日私は天野先生に往復ハガキで御尋ねした、先生御滞在中の金福寺はどの様でしたでしょうか、と。返信の要旨ではその頃の御住職は佐座宗侃と云う老僧で、南禅寺宗務本所に泊り込みで勤務して居られ週に一回帰坊せられた。風格高い御方で日常は隣寺の円光寺から尼僧さんが留守居として来て居て、確か禅怡（ぜんい）と云う三十才程の御方で猫を可愛がって居られた、と記されていた。

天野先生は弁天堂ないで火鉢を座右にして、ネジ鉢巻きで読書し、或時は樹陰の芭蕉庵の縁に腰をかけて、将来の構想を練っておられた（同書五十一頁）。

天野先生の返信で「老僧」として触れられている佐座宗侃は前出の「一乗寺村金福寺芭蕉庵由来記」の著者である。「天野先生は弁天堂内で火鉢を座右にして、ネジ鉢巻きで読書し、或時は樹蔭の芭蕉庵の縁に腰をかけて、将来の構想を練って」という記述は祖父の想像にしては具体的すぎるので、恐らく天野先生の返信にそのような回想があったのであろう。それにしても、後年日本を代表する学者、教育者となられた天野先生が、現在のワンルームマンションより狭い三畳余りの簡素な弁天堂の一隅で、たか女寄贈の弁財天に見下ろされながら勉励されていたことを想うと感慨深いものがある。

村山たかは歴史上あまり広く知られた人物ではなかったが、作家舟橋聖一氏が昭和二十七・八年（一九五二・三）に発表した歴史小説『花の生涯』で彼女を井伊直弼に仕えたヒロインとして描き、それをＮＨＫが東京オリンピックの前年の昭和三十八年（一九六三）に第一回大河ドラマ（配役：井伊直弼―尾上松禄、長野主善―佐田啓二、村山たか―淡島千景）として放映したことにより多くの人の知るところとなった。近年では、諸田玲子氏の『奸婦にあらず』（二〇〇六年）のヒロインとしてご記憶の方のほうが多いかも知れない。

この大河ドラマのブームに俄然目をつけたのが、わが祖父小関清治郎である。農地改革以来の当寺の経済的逼迫を救うため、当寺を観光寺院として売り出すべく奔走し、史料集めにゆかりの地を駆け回り、観光寺院としての体裁を整えた。その甲斐あって、以来当寺は拝観料を主な収入源とする観光寺院として今日に至っている。寺院運営は依然安泰ではないが、何とか今日までやってこれたのは、この時の祖父の機転と奔走による。

祖父は元来調べごとが好きで、独学でかなり広汎な人文学的知識を習得していたが、一方で女性、特に美人への興味も人後に落ちないものがあった。もし村山たかが美人（写真があるわけではないが、祖父は大河ドラマのヒロインを胸に描いていたようである）でなかったら、生活のためとはいえ、あそこまで熱心に調べたかどうか疑わしい。

　ともあれ、祖父の「先見の明（?）」によって多くの方に訪れていただく機会を得た当寺であるが、村山たかファン以外に、与謝蕪村を敬慕して来訪される方は何時になっても途切れることはない。

　そうした方々の思いに押され、せめて当寺古蔵の蕪村ゆかりのものについてはひと渡りの現状を把握しておかねばと、二〇二一年初頭父が老齢で引退（同年十一月死去）したのを機に、私と家内は少しずつそれらの保存状態の点検を始めていた。その折りにめぐり会ったのが、今回翻字していただいた「金福寺参詣記」である。同年一月の或る日、それら紙ものの保存状態を確認していた際に、「洛東芭蕉庵再興記」の下に薄い和綴じ本二冊が置かれているのを発見したのは家内である。祖父や父は存在を知っていたと思われるが、あまり気に留めた様子のない史料であり、両人からこの史料については詳しく聞いた記憶はない。

　頁をくってみると、冒頭と末尾の方には、所々に道立、几董、月居、百池、松宗など蕪村一門の名が散見する。その他は、門人や蕪村の崇拝者と覚しき俳人らしい名が多く記されているが、俳諧に無学な私には聞いたことのない名ばかりである。頁をくってみると年代に関しては、蕪村が没する以前の天明元年・二年から没後の寛政、文化、文政、明治まで広範囲のものが含まれているようである。しかし不思議なのは、それらが新旧に順を追って追記されているのではなく、入れ子状に混じり合っていることである。なぜこういうことになるのか、その理由が分からず、家内とともに首をかしげるほかなかった。尾形仂編纂の『蕪村全集』（講談社）の該当箇所を繰ってみても要領をえず、疑問は解消しなかった。俳句も記されているようであるが、この書全体がどういった性格の書なのか、確たる見当はつかなかった。

これはもう、雑誌の撮影や、毎年蕪村忌などのおりに角屋保存会理事長の中川清生氏とともに当寺にお越しになる蕪村研究の権威藤田真一先生にご教示いただくほかないと判断し、先生がお越しになった際に見ていただいた。そこから先の経緯は、藤田先生が「解説」にお書きになっている通りである。

期せずして、この書が翻字されたのは二〇二一年の芭蕉庵大改修と重なることとなった。芭蕉庵は、私の幼少期以来の記憶の範囲でも、茅葺き屋根の葺き替え以外には改修した記憶はないが、前述の「一乗寺村金福寺芭蕉庵由来記」の末尾に「天明再興の芭蕉庵、文政以後今に伝はれる金福寺の堂宇も、風雨幾多年、軒も漸く傾き壁も落ちて遠く訪ひくる人々、さては時折りの雅筵にも不便多ければ、今再び広く一銭一草の浄財を募りて一大修理を加へんと志しぬ。あはれ世の仁人君子、此の志をくみたまひて応分の義財を捨てたまはんことを至祈」と記されている。

これによれば、大正二年（一九一三）の時点で本堂も芭蕉庵も「軒も漸く傾き壁も落ち」といった状態であったとのことであるが、はたして「広く一銭一草の浄財」ないし「世の仁人君子」から「応分の義財」が集まって、「一大修理を加へ」ることができたのか、記録がないので分からない。余談ながら、末尾にこういう記述があることよりみて、おそらくこの「一乗寺村金福寺芭蕉庵由来記」は、修理のための寄付を募る目的で当時の住職佐座宗侃が著したのであろう。現在の本堂は大正十三年時に、祖父が看護に就任することを条件に、当時名古屋商人として羽振りのよかった曾祖父小関富三郎が寄付したものであることははっきりしているので、この時はおそらく「一大修理」はなされなかったか、ごく小規模なものにとどまったのであろう。曾祖父にしてみれば、この寄進は、継母と商家の家風になじめず遁走した息子への生前の財産分与のようなつもりであったのかもしれない。以来祖父はこの名古屋の曾祖父の寄進を自分の功績のように自慢していたが、祖母と父母は口を揃えて「名古屋の大おじいさんは偉い」としか言わず、それに感化された私も幼少期の頃は会ったこともないにもかかわらず、「名古屋の大じいさんは偉い」とだけ思っていた。

本堂と同様に、おそらく芭蕉庵も蕪村による再興以来、大改修といえるほどの改修はしていないと思われる。蕪村が再興に尽力した芭蕉庵の大改修の直後に、蕪村につらなる門人たちが書き継いでいったと思われる本書が翻刻され、多くの方々の目に触れる機会を得たことは、なにか因縁めいたものを感じずにはいられない。

近年俳句ブームと称するものがテレビなどで取り沙汰されており、それはそれで喜ばしいことであるが、本書が地に足のついた俳諧への関心の高まりに少しでも寄与できることを願ってやまない。

本資料の出版に当たっては、姫路獨協大学から出版援助金を戴いた。想えば、蕪村の門人をはじめ、芭蕉や蕪村に傾倒する文人たちが当寺に来訪し、師の芸風を偲んだ記録ともいえる本史料が、当寺にゆかりのある天野貞祐先生が初代学長を努められた獨協大学（姫路獨協大学）のご援助をいただいて公刊されることに不思議な機縁を感ぜざるを得ない。

本史料が少しでも多くの好学の士に活用され、俳諧史の研究に資することを願ってやまない。

凡例

一、翻字は、原本に忠実であることを基本とする。ただし、読みやすさを考慮して、以下のような処置を施す。

1、漢字は現行字体を原則とし、異体字も通行の表記を常とする。ただし例外的に、一部頻出する特徴的な漢字は異体字を生かす。

例：「庵」「菴」「莽」、「草」「艸」、「窓」「窗」、「寝」「寐」、「峰」「峯」など。

2、カタカナは、「ハ・ニ・ミ」を含めて、おおむね通常のひらがなを用い、送り仮名については右ヨセで原本のかたちを残す。

3、句読点、濁点、ふりがな（現代仮名遣い）等を付す。原本にはほとんど付されておらず、翻字における配慮として、適宜付してヨミの便宜をはかる。ただし、人名・地名には付さない。

二、注意すべきレイアウトや処置は以下のとおりである。

4、記載方法の如何を問わず、発句・付句・和歌は一行どり、前書・左注は追い込みとする。ただし、改行また一字アキの判断はばあいに応じておこなう。

5、漢詩は、絶句や律詩など、通常の行替えとし、読み下しを下部に添える。

6、俳号は全角表記とし、所書・庵号等は、小文字・右ヨセとする。

7、ページ（丁の表・裏）は、最下部にノンブルを付す。

例：」10オ

8、各所に挿入される絵図については、当該箇所に絵図の通し番号を付して、うしろに絵図一覧を影印にて一括掲載する。

ただし、一作のなかで丁移りがあるときは、文中にカギカッコを挿入する。

9、絵図・白紙のページは、ノンブルとその旨をしるす。

例：」105ウ・106オ見開き

10、発句索引・人名索引については、それぞれの凡例に当たられたい。

芭蕉庵蕪村碑　金福寺参詣記

壹

はせを庵といふ名のゆかしくて、「爰もその宗祇の宿や蟬の声」と申すて侍りしも、既に十とせあまり三とせを過しぬ。後の今を見ること、今のいにしへを見るがごとくならんと、其因すてがたくて、」それが碑をたて、社をむすび、いほりをいとなみ、ふたゝびはせをのやどりとなして、百年の闕を補ふといふこと、しか也。」1オ

夏を宗とせめて拙き此菴　道立（花押）」1ウ

そもく〳〵この芭蕉庵は、その名元禄のむかしよりありて、天明のけふ再び成ぬ。西は長安の名利をいとひ、東南二峯相並び、中間に澗水したゝり、杜鵑・布穀の声、旦暮観念の耳をすます。」されば此閑寂の地は、かの〳〵角ふり分よ、とおもひよせたまへる須」2オ

磨・明石の幽懐にも、などか恥ざらめやは

角文字やいほりに題すかたつぶり　几董（花押）」2ウ

はせを菴の古砌に、一もとの椎をうつし植て

この椎に魂やどりませ杜鵑　正巴

百年の庭のにほひや椎の花　維駒」3オ

京師の門人多かる中に、ことに去来ぞ親しみ深かりしとかや

菴成りぬまづ咲出よ柿の花　月居」3ウ

蕉翁墳前、二木の松在り

鷲も松も子もたり郭公　百池」4オ

流汲て菴の戸に寄水鶏かな　湖嵒

（ママ）　是岩」4ウ

頼むべき神ある椎の若葉哉　之兮」5オ

芭蕉庵感過

招魂の法もあらばや郭公　我則」5ウ

蕉翁の墳を拝して

師によりて我も題すや夏の菴　湖柳

」6オ

この岡はもと樹林茂りあひて、中に一基の石碑あり。これ蕉翁をまつるなり。今は六（む）とせばかりも過ぬらむ。またこゝに登れば、新たに草堂の建（たつ）るを見る。これは、風流の友どち、「翁が塚を」洒掃（しやそう）し、かつは文莚をまふくるの便（たより）をなせるとなむ聞べし

」6ウ

この塚で逢見る友の眼は青葉　僧雉菴述

」7オ

我も来てこゝに啼（なく）日よかんこ鳥　楚山拝

」7ウ

芭蕉庵懐古

碑によりて声なき夏の蛙（かわず）かな　春坡拝

」8オ

あかゞりに翁のむかしおもひけり　なには百楼

」8ウ

いつわりの禁酒にけふの時雨哉　春香

」9オ

むかし〳〵洛（みやこ）に帰る花の下（もと）　其由

」9ウ

鹿に鳥に冬すら来啼此菴　木姿

」10オ

茶味・禅味、一休・利休、別ならずといふ事のあれば

浮我をさびしがらせよ冬ごもり　重厚

」10ウ

先の月にはまうでも来ずして、閏月のはじめに翁の碑前にぬかづく

其冬の其日かさなる落葉かな　田福拝

」11オ

金福寺に拝詣して、翁の墓前におの〳〵懐旧のことばを述

椎の花小わきをかたる匂ひかな　浪華瑞雅

」11ウ

夏山や頓ミにむかしの風あつる　〻斗来

一声はなけ郭公昼ながら　〻棲室

半日の閑に百年の魂珀なぐさめたし。一爐の捻香に千載不朽の思を没る〻

元録の洒礼とならなん閑居どり　〻鳳郷

」12オ

去年の春、睦月みそかといへるに、祝融の神の祟まして、其災洛中東西南北に及べり。

それが騒ぎの後は」12ウ

おもひ入や蝸牛の歩み尽るまで　百池拝」13オ

戊申の春、予、六災を此ちにさけて後、偶はせを庵に遊び、翁の古句も口号しに、雨の颯と降り来りぬれ」13ウ

世上偕歌遍　世上　偕歌遍し

此翁独擅名　此の翁　独り名を擅にす

試聴蕉窓雨　試みに蕉窓の雨を聴けば

猶為金石声　猶　金石の声を為すごとし

龍川」14オ

奉

何障りなくて古りにし墳涼し　麁向拝」14ウ

孟秋十五日、翁の住玉ひし跡を訪ひて

古菴や今は身にしむ秋の風　巌平」15オ

（白紙）

」15ウ

一日、他に誘はれて、蕉庵に詣でけるに、見来る風色、墳地の幽静、又たぐひなき禅林、兼て聞。栴檀林に雑樹なし。麓密、森治、獅子のみ住するとや。予が如き野干鳴声立るも恥かしけれど、頻に其道を慕はんとするおもひとゞめがたく、愚なる一句をつくり、塔前にさゝぐるのみ

其道の糸たぐらばや几巾のぼり　野狐

」16オ

前芭蕉庵松宗老和尚のゆかりありて、金福禅寺を訪ひ侍るに、おりしも花つみの空賑はしく、爰もいまだ大徳に見へざるに

」16ウ

椎の木もまだ見ぬ夏や庵の留主　浪花尺艾稿

右

」17オ

古庵や木の葉吹入春の風　至要

墳の前に経よむ鳥の音やさびし　同

梅が香や翁の庵の道しるべ　破堂

尋来て其道深し夏木立　平安麦奴」17ウ

金福禅林なる芭蕉翁の古墳に参りて

眼にしみる汗拭ひけり椎の陰　東武寒川」18オ

洛東金福精舎はせを菴に百回追慕あるにとこゝろざし、□水にかりの夜ぶね足からふじて、五条、三条、川づたひにのぼり尋ね侍る。時八月十二日、いと残る暑の堪えがたきまゝに」かの日は難面くもありし折からも、斯やといとゞ感じつゞけてたどり着」18ウ ぬ

門に入れば頭を吹ぬ秋の風」19オ

入菴旦坐、懐旧の涙をそゝぐ

蓑虫の音はあり〳〵と菴ふりし

一夜を明して」19ウ

かり初に世をすゝぐ露のやどり哉

右　浪華丁江拝書（花押）」20オ

田を苅て戻る麓やかねの声　市中庵貫友」20ウ

葉月廿日あまりなる日、金福寺に来(きたり)て

かんこ鳥啼し梢も秋の声　春鳴舎来之」21オ

しぐれ降日の御会にまいりて

此日このぬるゝ袖こそ金福寺　其成」21ウ

白菊に露のまことを見付たり　橘仙堂主人（花押）」22オ

きさらぎ末の五烏(ごう)に来て

いろ〳〵と野をゆく人や春日和　伴端山拝

嫁菜につれてはゝこ草立　中道（花押）」22ウ

此御寺に詣(もうで)て、翁の跡をもとぶらはんとて

尋来てふりし庵のおもかげに人は百年過しむかしを　闇牛拝」23オ

寛政甲寅（きのえとら）のきさらぎに、おもはざるに、こゝにまうできて

花鳥の色音（いろね）もそひてしづけさ（をのづから）のこゝろすみぬる山もとの菴　国栖景雷

」23ウ

蕉翁の古墳にまうでて

桃咲て猶なつかしき菴哉　平安淡山

」24オ

台嶺（たいれい）の麓なる、かんこ鳥の旧跡を営ミしも、今ははたとせにあまり、牌前（はいぜん）苔むし、新樹

」24ウ

のありし菴中のあるじとす。元より」閑情他ならず

右　平安雪花嵐月

かんこ鳥啼すましけり金福寺

」25オ

重訪金福寺

去年金福寺　　去年　金福寺

亦摘山前翠　　亦山前の翠を摘む

為認芭蕉窓　　為に認む　芭蕉の窓

落月遊叡山　　落月　叡山に遊ぶを

金篛

」25ウ

ひと日、爰の金福精舎に蕉翁の塚のありと聞へしものから、道行人々に尋（たずねたずね）〳〵て
尋来（た）て冥加（みようが）や塚の小春影　紀ノ烏則（花押）
」26オ

やよひ末の今日に、此庵りにたづね来て
名をしたふ庵りの道は春のくれ　婦 哥柳拝
」26ウ

入相もよし此いのり春くれぬ　僧 閑腴
」27オ

菊月はじめの九日、このみてらにとぶらひて
おく霜もしぐれもまだき山かげはやがてもみぢむ色としもなし　成奏
」27ウ

をきながつかに
わがみちにあらぬむかしをしたふかなしるしのいしをみるにつけても　仝
」28オ

祖翁の墳にもうでゝ
樹も草も知らでしぐるゝ我こゝろ　紫暁
」28ウ

行春や音斗(ばかり)なる芳野川　春花 」29オ

燕翁之塚に詣て

手にとれば時雨こぼるゝ落葉哉　春花 」29ウ

一目にもあはれ千本(ちもと)の冬木立　芳枝 」30オ

寒さふに綿木吹(わたきふか)るゝ野面(のづら)かな　金街 」30ウ

芭蕉翁墓前詣す

世ゝの花是ぞ言葉の金福寺　伊丹 菊潭拝草 」31オ

此寺に詣ふで、古人の昔をおもひいける折にや、なゝめなるはやしの本に、雉子の音(ね)のきこへける。其声におどろかされて

おもふ我を見て啼(なく)雉子の声なる歟(か)　洛 双南 」31ウ

蕉翁の塚に詣ふで

行春の跡とふ庵のこゝちかな　洛 波声

」32オ

晩秋遊金福寺

芭蕉に雨の音なき秋となりにけり　何芝

」32ウ

みな月九日に、此庵に来て

涼しさや木陰の奥の芭蕉菴（あん）　浪花 桃央

」33オ

葉月上五日、芭蕉菴来て

未だ染（そま）ぬ塚の紅葉に露時雨　竹陰舎 雅石

」33ウ

おなじく

塚に来て秋を見こむや今さらに　雨中庵 眉山

」34オ

やよひのすえつかた、こゝのはせを菴にまうでゝ

このいほや春の音さへひそかなる　南紀 旭子（花押）

」34ウ

なつかしき庵やむかしの爐(ろ)の名残　吉備李山　35オ

行春のこゝにこもれりちり松葉

右　洛五升莽（花押）　35ウ

冬がれぬ塚のおしくぞ道床(ゆか)し

右　南越李仲九拝　36オ

落葉かく音余所(よそ)に聞(きく)夕かな

右　洛下等延　36ウ

古(いにしえ)を落葉なし梟雫(けりしずく)　哉　幽閑庵（花押）　37オ

物外金福寺　物外なる金福寺

朔風霜月空　朔風(さくふう)　霜月の空

停干芭翁礎　停(とど)まる　芭翁の礎(そ)の

寂寞落葉前　　寂寞（せきばく）たる落葉の前に

萩道顕（花押）

」37ウ

金福禅院を訪ふて、翁の牌前（はいぜん）にぬかづく

苔の華やおがむに眼鏡かけながら　　長府夜松上

」38オ

冬の初、金福寺にまかりて

さそはれぬ松はつらしと吹捨（ふきすて）て落葉にさわぐ木枯しの風　　宣義

」38ウ

ゆかりありて、此御寺を尋（たずね）、もとより翁の風（ふう）いんをしたふまゝ、つたなきくちづさみし

碑前に備（そなえ）侍りて

そのむかしおもふなみだやこけむしろ　　丹後田辺金田満記拝

」39オ

文化六巳歳（みのとし）十一月廿六日参詣

しる人に逢ふよしも哉（がな）笠の雪　　浪華住二代芦陰舎拝書

」39ウ

此寺に詣ふで

何の木の風がこぼれて雲の峰　　茂良（花押）　」40オ

文化九年、申（さる）四月廿日参詣

麦刈や昨日も降らで曇かな　　左海雪丈　」40ウ

鶏頭（けいとう）の二本折（おれ）たる傘の下　　那庵　」41オ

与謝清了（よざせいりょう）みたまにまうさく、過つるいやよひ五日といふ夜、おもふもあやにかなしく、虚蟬（うつせみ）のよもつ国へ旅だついまはのきはみ、おのれにかたらひ賜へるを、かしこみうしなふことなく、けふなむこゝの金福寺なる」蕪村みたまの磐（いわ）がくります墓のもとへ、白骨　」41ウ
をおなじくはふりおさめ、やからよりつどひて、鹿（しし）じもの膝をりふせて（せて（ママ））おろがみつかへ奉るは、文化十あまり一とせといふ年の卯月七日。

深雪莽羅芙、かしこみ恐みまをす

散花に泣しもあと目きのふけふ　」42オ

蕪翁の室（しつ）清了尼の納骨にまうでゝ

声のみは山に残りぬ時鳥　　洗腸　」42ウ

逝ものはかくのごとくか、昼夜をわかたずとのたまいけん聖のことば、思ひいでゝ
みるたびにきのふの芥子はなかりけり　　菊雄

」43オ

夜半翁の碑のうちに、其室清了尼の御魂をまつらんと、みゆき庵ぬしのまねきにしたが
ひ、予も此法のむしろにまじはりて、けふの納骨のまつりを拝み奉りて
鶯の老やなぐさむ苔の陰
右　　りけい九拝

」43ウ

清了尼の白骨を蕪村翁のはかに納め給へるを拝見奉り、猶古へ今を思ひつゞけて
生直す百合もかたぶくかなしさよ　　羅上

」44オ

葉ざくらに来てうち侘る露の身や　　百菊（花押）

」44ウ

清了尼、世にいましける折は、膝を摺よせ、春はあぶり餅をすゝめられ、夏は団の世話
までなし給ひけるも、終に散るはなとともに、黄泉の旅におもむき給ひしも、けふにぞ
成ければ、初月忌の法莚にならび侍りて

此庵の若葉の露を手向水（たむけみず）　文葉（花押）」45オ

文化戊（いぬ）の初冬、始て芭蕉堂に詣（けい）す

観念の窓をあらしの木の葉かな　東州

おなじ折柄、御席に望て」45ウ

業にさへけふは手向の時雨哉　洛東蘆江」46オ

蕪村翁三十三回忌

冬枯し塚に名をのみ花の蘂（しべ）　当寺住侶吐烟

まさぐり寒き山のふる道　百池

燕（つばくら）の穴籠り見る旅をして　月居

春は菜汁もうれしかりけり　玉之

梅のつゆ柳のしづく窓の月　尾花

配てまはる藪入の土産（つと）　双南」46ウ

捻香（ねんこう）

地三尺おもひ入なり草の霜　百池

山寒し残る弟子さへ二三人　月居

雫まで我に尊し塚の雪　双南

灶（たき）ものゝ外は煙らぬ寒かな　奥州弘前玉之

それなりに露も氷るか山樒（やましきみ）　ゝ尾花

文化十二乙亥十一月廿五墓参之日　月居揮毫　」47オ

文政六未（ひつじ）とし、さ月五日参拝

立寄てこゝろも涼し椎のもと　東肥葉中上　」47ウ

落るまでを己（おのれ）とおもへけしの花　双南

（絵図　八二頁・上）　」48オ

金福寺山上のはせを庵詣ふで、蕉翁の塚に向ひてあたりをみれば

めでたしや　」48ウ

わら家のこけも百余年　あふみの長浜真枕探草九拝　」49オ

埋火の痩るほど（につれし）おもひかな　菊佳　」49ウ

月澄(すむ)や我(わが)蓬萊の山低し　　省吾　」50オ

石なげて人の行けり五月川　　白斎　」50ウ

芭蕉庵にて

宵おかでむしの音(ね)聞(きく)やこのゆふべ　　因東桐菴色鳥（花押）　」51オ

四明山下に名も高き祖翁の旧跡をたづねて、かのかんこ鳥の高詠を感ず

身にしむや昔の秋の淋しさも　　浪花の住露□九拝　」51ウ

はせを翁の古跡詣(もうで)て、古をかんず

うき事のけぶりくらべん花よ世よ　　玉洞　」52オ

蕉翁の御塚の句を思ひ、御心をなぐさめんとて

何がなと藪鶯(やぶうぐいす)の啼にけり　　馬蓼拝　」52ウ

洛東の一乗寺村なる蕉翁の塚にもふでて

日当りの今にも椎の芽立かな　三柳菴二庖拜　⌞53オ

春の日やひよ子もひそむ庵の軒　二庖　⌞53ウ

はからずもはせを菴を尋ければ

立碑(たてるひ)に杖をやすめつ呼子鳥　浪華入江　⌞54オ

此庵(このいお)にこの道在りときじの声　浪花庄雨　⌞54ウ

月はむかしうのはなにとふ菴かな　東都帠杖　⌞55オ

崩んとしてはかゝゆる牡丹哉　虚白　⌞55ウ

何処(どこ)までも広ごりにけり芭蕉の葉　其仙　⌞56オ

はびこりし秋や芭蕉の庵の照(てり)　沙鷗　⌞56ウ

むぐらよりかげをはなれてきくの花　なにはやの素鹿　」57オ

（白紙）　」57ウ

芭蕉を拝して

椎飛でさびしがらせよむかし道　蘭桂郁々庵主人　」58オ

晩秋

虫さえも啼かで古井の落葉哉　尾陽閑眠　」58ウ

露となるものを見て居るゆふべかな　東山呂逸　」59オ

艸の戸に落葉あつめて花心　洛呈青　」59ウ

枯〳〵て名のなき艸と成ル畠　洛木石　」60オ

松山やたらぬ夜がちを春の雨　洛鬼遊
」60ウ

金福寺の丘、芭蕉庵の古跡に登りて

春さえも聞ば身にしむかぜの音　浪華閑斎
」61オ

卯月のはじめ此禅林にまかりて、正風翁の像を拝す

椎の若葉しぐれににたる雨のふる　伊陽藩中双井洞其容
」61ウ

金福寺はせを庵にまいりて

山ふかし霧にぬれたる初紅葉

松かぜのもて来(き)もてゆく砧かな　博雲斎鷲雪
」62オ

文政八、九月十三日に、芭蕉翁幷ニ蕪村、月居、右三翁の塚に拝して

九月より来てしぐれけり塚の前　西海堂月江
」62ウ

蕪叟の志のわすれがたくて

むかし思はゞ露踏(ふみ)に来よ塚のまへ　其成（花押）
」63オ

文政八酉ノ九月十五日のことなりしが、月居のぬし一とせの忌にむかひ、此寺に塚を残す。その供養に招かれ、御子息大渓大人、我師への手向の句によそへて、大恩の道に心をよせ給へと、おこがましくも憚ながらこんなことを申送る」63ウ

いつまでも吊ふ日は九月十五日　芥子園双南」64オ

文政十三年四月十二日に、翁の碑前に踞て

麦は秋樹々は緑に」64ウ
雨くれぬ　平安慶秀庵哲臣拝」65オ

降止んで松の雫やほとゝぎす　其独」65ウ

適に来て手柄と成るや郭公　みよし野孤洲」66オ

百とせの道新しき茂り哉　孤洲」66ウ

后三月念八日

松杉の間(あい)から長き日脚(ひあし)哉　洛芳峨 」67オ

稀にとふ人やとおもふ音信(おとずれ)は霜もふる家の古葉なるらん　盛秀 」67ウ

はつ春の日、蕉翁、蕪翁、亡父の影を拝して

鶯も啼そむる日は塚のまへ　台渓 」68オ

さ月のはじめ、此寺にまふでゝ

青葉かげ花よりゆかしほとゝぎす　撫松庵都友 」68ウ

七月廿四日、此寺に参りて

尋来て我も徳あり秋の風　一清 」69オ

木隠れの庵は留主(るす)也けふの月　中虎 」69ウ

なを深し夕栄(ゆうばえ)る間(ま)を秋の山　百鹿 」70オ

道祖懐古

往昔聞ば哉袖の初しぐれ　　雄斎」70ウ

御幸を拝して、因ミに翁の旧跡を訪ひつゝ

その儘にわれも手向ん若楓　　不動菴（花押）」71オ

冬籠ゆかしきせはや芭蕉庵　　北勢裸跣坊拝」71ウ

こゝろなき我にも（ママ）」72オ

十里京城北　　十里　京城の北

蕉翁千古名　　蕉翁　千古の名

今存窓外月　　今に存す　窓外の月

空照青苔清　　空しく青苔の清きを照らす

雪村拝写幷題（印）

（絵図　八二頁・下）」72ウ・73オ

おのが音(ね)の谺(こだま)のみなり閑居鳥　今雅（花押）」73ウ

雲となるほどはたがはず遠ざくら

三日月もよきかげもちぬ花ざかり　松朗」74オ

山に野に寐(ね)たる果報やほとゝぎす　晶山」74ウ

古びたる塚ふりむくや郭公　三枝」75オ

（白紙）」75ウ

翁の碑前

つくばふて膝濡しけり苔の花　不及」76オ

正直を無分別なる案山子(かがし)かな　呉竹米洲（花押）

（絵図　八三頁・上）」76ウ

弘化丙午神無月上三、黙痴、米洲ト同行、到二金福寺一、酒飯吃

此寺の蠅になりたり時雨るゝよ　伏水山居（花押）」77オ

来ては鳴すゞめに立や庭の春　澱心角拝」77ウ

（白紙）」78オ

朝雨に根はなし藤の一景色　左馬」78ウ

如月中の八日、芭蕉莽を訪て

簑置てむかし語るや春の雨　柳雲」79オ

おなじく

春雨にぬれつゝ見るや芭蕉の碑　江都柳下」79ウ

芭蕉庵をたづねきたりて

秋のくれよしありげにも露のちる　黙痴」80オ

蕪村、月居、両詞哲の墳（つか）にまうでゝ

もみぢ葉やともにはえあふ松ひの木　　黙痴　」80ウ

（白紙）　」81オ

けふこの禅院にまいり、翁の碑を拝し、そこらの山陰にそめかゝる樹〳〵（きぎ）の色を見て、しきりに往事をかぞふるに、在世はわが祖父とおなじく仕えて、傍輩（ほうばい）のしたしみなりしも、隠遁の後、再び故主蟬吟（せんぎん）の」別荘の花のもとに遊びて　」81ウ

さま〴〵のことおもひ出す桜哉

とありし旧事（ふるごと）、今も我家中（かちゅう）の口すさびになりけることまでかたりあひて

さま〴〵の桜おもひ出るもみぢ哉　　伊賀如風

ぬかづく袖もにほふ茸の香　　桐雨

秋の日の癖とて月のせはしうて　　蝶夢　」82オ

翁の名誉は今さらいわず、かゝる都の山里にも、その風流をしたひて、魂を招くことの尊ぶにあまりあり。他の国の人のめでたき句、手向むよりも、なつかしと見給（みたまわ）むと、つ

たなき筆にかいつけて

古郷（ふるさと）に似た所あり薄もみぢ　　桐雨 」82ウ

しぐれ来（く）や隣も寒き詩仙堂　　伊賀浮流

垣ものふりぬ冬草の影　　てふむ

二三年鍋鋳（い）るわざを仕習ふて　　重厚

おとこをなごと子の揃ひたり

あか〳〵と月夜のつゞく盆のゝち

西瓜（すいか）ばたけの小家（こや）の菰（こも）だれ 」83オ

各詠

掃よせて芭蕉忌まつや庭の隈　　蝶夢

よしみねもそれと小春のゆふべ（霞）哉　　重厚 」83ウ

右

天明元年十月十日

眼（め）をひらきたまへ紅葉に時雨ふる　　蝶夢

むかしをしのぶ発句（ほく）に頭巾に　其川
宵の天市（そら）に物売る声のして　重厚
潮さしかゝる夏の海づら　塘雨
這（はい）ありく子までもおなじ真裸（まつぱだか）　露光
折敷（おしき）に餅を焼ならべたり　東走
青（ウ）〳〵と蔦の葉にほふ宇都（うつ）の山　朶路
鞍おほひにははや蠅のつく　瓦全
雛のまによく似た人のふたりまで　麦宇
右一巡下略

」84オ

各詠

初しぐれ筆ほしげなる画像（すがた）哉　重厚
古き影しぐれにそめし形見かな　東走
月雪とこの道まもる画像哉　露光
うす墨に昔おぼゆる寒（さむさ）かな　瓦全
折にあひて開眼の日もはつ雺（しぐれ）　塘雨
ぬれ色やむかししぐれし像の膝　麦宇

」84ウ

山道も人にもたせししぐれ時　其川

即興

結ひ寄せて戸口囲ふや枯尾花　曽秋

降こめて椽に鳥啼時雨哉　菜二

里の子やあらしを追て木葉掻　沂風

洛中、もとより一声を聞ず。今日や、百池子にいざなはれて、ともに雨中の閑をぬすみ、はじめて四明下の金福蘭若に登り、蕉翁の碑前に詣し。かつは、彼鳥のゆかしければ兎角して宮古の東ほとゝぎす　尾陽暮雨門他郎（花押）

祖翁墳前

みどりして心余れり茂り艸　同門楊洲

はじめて

芭蕉庵をみめぐりて

静さや蝶の影さす窓一つ　泰夫

85オ 85ウ 86オ 86ウ 87オ

翁の像を拝して

しみ〴〵とあへるがごとし花の暮　良水　」87ウ

蕉翁百回忌

花にそゝぐすゐや一味の春の水　幻住庵臥央　」88オ

華かざすおもかげ高し水の月　かゞ斗入坊　」88ウ

色々の花をかこふや四方(よも)の山　をはり計之　」89オ

引船や綱手に摺(すれ)る芽出艸(めだしぐさ)　東武江草　」89ウ

蕉翁遠忌

みちのため花に翁の魂まつる　闌更拝　」90オ

おなじく

ありがたき道や見ぬ世の桜さく　甫尺」90ウ

ねはん会に似たさまもあり像の前　尼素然」91オ

匂ひ合ふ軒の若葉や遅ざくら　雲裡」91ウ

葉桜におがみて嬉し月の面　奥州棚倉森月」92オ

しげりあふ其ことの葉や夏木立　九華」92ウ

花よりも見どころ多き若葉哉　荷葉」93オ

入相のつもり〳〵つさくらの実　南十」93ウ

源平の花のかざりやよろひ艸　仝」94オ

（白紙）」94ウ

世に伝ふ翁のかんこ鳥の吟は、叡山の麓にての事なるよし、其旧跡こそ一乗寺村金福寺といえる禅院の境内にありと、卯の花月のなかば、やうやくたづね来りて、彼やうをみれば、松柏えだをつらね、苺苔に物さびたる、其陰に石碑あり。其傍に庵ありて、号を芭蕉庵といへる。まことに暫くも」杖をやすめ一章を吟じ給ひしにも、かく営みたるは、偏に其徳の千歳にかゞやけるなるべし。扨庵の住居の常ならぬ物数奇、ものふかく」95オ千家の風流にえならぬは茶話禅のこゝろを伝へ、一椀の茶に平生をしめして、好士の人々をみちびき給へるには、洛陽にももつぱら此道に遊べるの言ならむ。実や深川・湖南のわびに幷びて」浮世の塵をさけ、人音まれに物おのづから静かなる折ふし、かんこ」95ウ鳥の高吟、今更なるこゝちに覚へて、信ふかく祖翁の俤をしたひ、一章に其志をのべ、碑前に手向て再拝する事しかなり

庵に来てけふもつく〴〵かんこ鳥　長陽惟渓九拝」96オ

椎の木のうしろになくや閑古鳥　花洛湖一」96ウ

菴に来てむかししのぶやかんこどり　花洛不酔」97オ

水無月もちの日や、我みちのおゝむのいなりにまかり、石の富美なるをなんおろがみ侍りし

世の事をわすれて庵の夏木立　越石動原淵美

」97ウ

八月念五日、翁の碑を拝し奉りて

あをぬいて見るも恐れや萩の花　洛陽士言拝

」98オ

暮の秋詣（もうで）て

秋ふけてなを奥ゆかし芭蕉庵　五有拝

」98ウ

神無月末つかた、芭蕉庵のふるきを尋るに、長老の慈愛深く、七椀の茶に三盃の酒のもてなしに、かの仙翁がむかしをおもひ出て

汗をまでふかする庵の小春かな　湖南青峯

」99オ

金福禅寺にまかり、芭蕉菴に成（なる）あり

ちる木々にむかししのばしき菴の庭　高砂布舟

」99ウ

手づから禅師（ぜんじ）の御茶をたまはりけるに

枝炭に雪の朝（あした）のおもはるゝ　丹後 其白　」100オ

首（はじめ）て芭蕉庵に来て、先（まず）尊像に拝し

あれとても仇（あだ）にきかまし田植唄　加州 語陸　」100ウ

蕉翁の尊像を拝して

わけ入て猶更（なおさら）清し露の玉　舎員

きよらかや戴くそでに露の玉　ゝ　」101オ

題雪中若菜

賤（しず）の女（め）も雪にさぐるや若菜摘　芦江　」101ウ

暁詠（あかつきえい）にのぞむ

暁（あけ）清し里はさながら梅の春　宇江　」102オ

日の目せり水濫〱と梅が谷　蘭径

春の深雪見むとて、金福に二三子を友してまかり侍る

野路山路雪踏分て御慶かな　芦江

少し芽をもつ背戸の若艸　松宗

白梅の清らにうつるやり水に　字江

手飼の猫をさらし居りけり　蘭径

月も未だ十日の月の月の色　芦江

数もしられず啼渡る雁　字江

右

旧年をおもひ出

梅が香の片枝に残る塚のまへ　京巴龍

金福禅師の菴にまかりて、浮世をくわんじて

華さえも仕舞は丸し桜の実　勢州魯山

」102ウ
」103オ
」103ウ
」104オ
」104ウ

芭蕉庵暮望

野は枯て遠くも見ゆる流れ哉　摂敏馬浦千渓

兎角して嵐に焦る照葉哉　同佳七

」105オ

金福寺に遊びて、翁のまねして、十七言をものせよといふに

はつとして居れば涼しきうき世哉　豊雲寿酔書

」105ウ

鶯の留守とふ春のよたり哉　尭夫

（絵図　八三頁・下）　直察即席（花押）

」106オ

（白紙）

」106ウ

萌出る艸で足ふく河辺かな　尭夫

（絵図　八四頁・上）　直察即席（花押）

」107オ

夜半亭の墓に詣て

夏艸の露打払ふ扇かな　　擣意拝

御翁の牡丹の吟をおもふ

山蟻のすべらんとする今年竹」107ウ

碑前に拝謁して

額(ぬかず)きし扇のざれ画(え)しのばじや

右　　浪華鳳郷百拝」108オ

友三敬書

去りし夜、罷かる両師におくれて、俳草も取に出ぬ。今年、けふ原田氏に誘引(さそわれ)て、此蹟前に這ふ。過し天明の火災に〈割注：西武佳子、長頭磨(ちょうずまろ)［麿］吊ふ〉、「埋火も消(きゆ)や涙の烹(にゆ)る音」といふ短尺、去来のはいかい袋は焼失ス。憂旅のちからに持(もち)し　長頭磨筆書其外真筆の書、去来・路通の蔵書は残りぬ。今は愛宕寺の前に借り店(だな)し、産業(すぎわい)の鍛冶、炭にみを黒めむと、車寄せの松影に居る。なを故あらば、失(うせ)し松の文台の再興もと思へど、此儘(このまま)にひとりしおもひ過なんも、窓なければ、此集に断る而已(のみ)」108ウ

焼とても草ならば根や残るべし

〳〵淋しがらせよの句に、みじかき心を述んと、庵室（あんじつ）にしばし膝をかゞめ、軒の垂氷（たるひ）のしたゝりを聞て

見るうちに酔（よえ）るや雪の無一物（むいちもつ）　棣棠

」109オ

日の脚漸に届き、庵室の雪たれ落る音に驚きて

寝ほれたぞ目を覚させよ雪なだれ　伴友三

」109ウ

奉訪仏日山寺

一路尋春自野塘　一路　春を尋ねて野塘（やとう）よりす
雲帰千嶂樹蒼々　雲は帰る　千嶂（せんしょう）の樹蒼々たるに
清幽始識人間遠　清幽　始めて人間の遠きを識る
分賜化城般若湯　分け賜う　化城の般若湯

」110オ

北筑華陽酔書

」110ウ

故夜半亭蕪村子の墳前に詣て、昔時（せきじ）のむつみを思ひ出て、猶流涙を留かねて

雨もよひ霞に曇る東山　忘機斎鹿聾拝草

」111オ

丁巳（ひのとみ）孟春念五日、同畑椿洲遊金福寺分韻

烟霞出郭敞　　烟（えん）霞　郭を出でて敞（おお）う
郉逕纔似斜　　郉逕（そんけい）　纔（わず）かに斜めに似たり
鳥行騒人杖　　鳥は行く　騒人の杖
松囲梵子家　　松は囲む　梵子（ぼんし）の家
晴窓描竹影　　晴窓　竹影を描き
迸水送梅花　　迸水（ほうすい）　梅花を送る
幽趣莝非遠　　幽趣　莝（ござ）　遠きに非ず
茶談到日斜　　茶談　日の斜めなるに到る

清勲

得　刪

唫鞋聯歩叩禅関　　唫鞋（ぎんあ）　聯歩（れんぽ）して禅関を叩く
喚客黄鶯烟外山　　客を喚（よ）ぶ　黄鶯　烟外の山
初地澹梅欺雪麗　　初地の澹梅（たんばい）　雪を欺いて麗わしく
午天清磬入雲閑　　午天の清磬（せいけい）　雲に入りて閑なり

」111ウ

片泉奇石愜吾性
斗酒双柑忘俗寰
勝具因君貪野趣
春蘿仄逕好蹣攀

畑元禎

片泉　奇石　吾性に愜い
斗酒　双柑　俗寰（ぞくかん）を忘る
勝具　君に因（よ）りて　野趣を貪（むさぼ）る
春蘿　仄逕（そくけい）　蹣攀（まんはん）するに好し

⌞112オ

得元

春光誘我出都門
聯歩吟筇尋梵園
十里山川旧知識
一邨雞犬別乾坤
渓辺樵語籠烟遠
窓外鶯声報霽暄
帰次雖遥原熟路
幽情遮莫至黄昏

江邨大憬

春光　我を誘いて　都門を出で
聯歩　吟筇（ぎんこう）　梵園（ぼんえん）を尋ぬ
十里の山川　旧知識
一邨（いっそん）の雞犬　乾坤別る
渓辺の樵語　烟に籠りて遠く
窓外の鶯声　霽に報いて暄（かまびす）し
帰次　遥かなりと雖も　原（もと）より熟路
幽情　遮莫（さもあ）らばあれ　黄昏に至るを

⌞112ウ

春日過金福寺

僧舎烟霞華　　　僧舎　烟霞の華
一談脱無縁　　　一談　無縁を脱す
欲題韵句去　　　題せんと欲して　韵句去る
只恨夕陽天　　　只恨む　夕陽の天

」113オ

とわるゝもとひよるも又花ごゝろ

時政をよみて

霜がそむか時雨もそむか知らねども御代のあかきにてらす紅葉ば

」113ウ

（白紙）

」114オ

丁巳（かのとみ）晩春日

諸君遊金福

普刹戯墨　　　関山（印）」

（絵図　八四頁・下）

」114ウ・115オ

（絵図　八五頁・上）

」115ウ・116オ

（白紙・一葉綴じ）

」116ウ・117オ

秋日同江台岳平々遠游金福寺

風烟誘我出塵扃　　風烟　我を誘いて塵扃より出だしむ
纔入山門心似醒　　纔(わず)かに山門に入れば　心は醒むるに似たり
楓葉一渓霜色赤　　楓葉(ふうよう)　一渓　霜色赤く
松陰満地日光青　　松陰　満地　日光青し
老僧礼仏敲禅磬　　老僧　仏に礼(らい)して　禅磬(ぜんけい)を敲(たた)き
幽鳥驚人触宝鈴　　幽鳥　人を驚かして　宝鈴に触(ふ)る
茶炉煮了泉流碧　　茶炉　煮了す　泉流の碧
七碗坐知唫咏馨　　七碗　坐(いなが)らにして知る　唫咏の馨(か)

不識松山吉稿（印）

」117ウ

初冬与龍川先生諸君

遊金福寺看楓

秋後山園景更宜
況逢蕭寺有幽期
幸容社禁楓林下
笑殺焼紅勧玉巵

秋後の山園　景（けい）更に宜し
況んや蕭寺の幽期　有るに逢うをや
幸いに容（ゆる）さる　社禁　楓林の下
笑殺す　焼紅　玉巵（ぎょくし）を勧むるを

遜亭源時望（印）」118オ

陪龍川鶴橋二先生遊
金福寺和遜亭森君瑤韻

林山秋気夕陽宜
況是花宮自有期
身世共忘禅寂地
更逢許禁侑金巵

林山の秋気　夕陽宜し
況んや是れ　花宮　自から期有るをや
身世　共に忘る　禅寂の地
更に逢う　禁を許して　金巵を侑（すす）むるを

佐渡　北條道枢」118ウ

（白紙）」119オ

金福精舎角抵（すもう）会図

石羊写

（絵図　八五頁・下）

」119ウ

（白紙・一葉綴じ）

」120オ

此み寺のじちにしづかなる事をめで〻、いにしはせをの翁、たびのやどりせさせ、〳〵うき我を、なんど申出（もうしいだ）されしとかやも、いまは年さへおほくへだ〻りしかど、猶あはれはいまも

」120ウ

うき人の友とめでにし閑居鳥なれだにとはぬ秋のゆふべは

淋しともさらにはいはじ大日枝（おおひえ）のふもとの寺の秋の夕かぜ　若拙

」121オ

あさにつる〻よもぎとなれば庵の友　馬喚

（絵図　八六頁・上・右）

」121ウ

筆のさきに画（かく）も及ばぬ杜若（かきつばた）　芦江

（絵図　八六頁・上・左）

」122オ

占居東嶺下　　占居す　東嶺の下
静見西天雲　　静かに見る　西天の雲
西天咫尺近　　西天　咫尺（しぜき）近く
直指令知君　　直指して　君に知らしむ

題今（ママ）福寺　一雲」122ウ

金福寺初て来（く）。翁の庵のものうき事なり侍るを見、又夜半翁塚に一水を手向て
師の庵も秋もさびたり心まで　静延拝」123オ

（白紙・一葉綴じ）」123ウ

翁の像を拝て
其形（そのなり）が昔も今も秋の暮　洛下料午」124オ

明治庚亥（かのえい）五月下澣日
先師芭蕉翁
蘭の香や絹たつ窓の手もとより　北筑朝倉嘉頂拝
（絵図　八六頁・下・右）」124ウ

嘸や昔工ミつぐ世と庵の月　洛西烏郷」125オ

（絵図　八六頁・下・左）

淋しさや庵に来て啼く昼の虫　百人台竿頂（花押）」125ウ

（白紙）」126オ

蘭の香にわけいる露の山路かな　嘉吉（花押）」126ウ

此菴に杖をやすませて、秋暮の閑情を思へば

枯木にも色ある秋や蔦紅葉　閑眠」127オ

蕉翁旧跡有山寺　　蕉翁の旧跡　山寺有り

何料今日此訪尋　　何ぞ料らん　今日此に訪尋せんとは

時得清吟風雅事　　時に得たり　清吟風雅の事

剝苔牌畔任閑然　　苔を剝ぎて　牌畔　閑然たるに任す

訪
芭蕉菴　尾陽橘仙

文政七ツのとし、
御幸(みゆき)ならせ給ふ。
ありがたさ、ふと十(と)もじ七文字とはなりぬ
あきの日もながゝれ御代はめでたきに　東山呂逸

」127ウ

」128オ

題芭蕉庵
祖翁常愛宇
丈室只寛思
今見幽林裏
堪憐一古碑
太華散人拝書

祖翁　常に宇を愛し
丈室　只だ寛思す
今見る　幽林の裏(うち)
憐れむに堪えたり　一古碑

」128ウ

静さを人にしらせんはせをあん　東山阿方謹書

」129オ

山に添ふ水は汲よし落葉かげ　　東山さくら庵南峨（花押）
」129ウ

時雨るゝや千羽も並ぶ寺の鳩　　百梅舎浪蝶
」130オ

厚き地もあらくはふまじ散紅葉　　洛玉壺斎
」130ウ

茶の花や堂を麓に南うけ　　十丈園天然
」131オ

散り紅葉あたまにのせて帰りけり　　綾羽亭くれは
」131ウ

（白紙）
」132オ

文政八酉十月十九日興

金福寺の草庵へ道しるべして

誘ひ来し甲斐ある小春日和かな　　草丸

かざせば霜の重き紅葉ゞ　　南峨

千軒の埃せきとめる水口に　　十丈

あさる雀の砂をあびつゝ　浪蝶

見返れば真昼の月の有明て　呉羽

秋もたつぷり更(ふけ)し簑笠　執筆　」132ウ

（白紙・一葉綴じ）　」133オ

夏五ゝの日、金福禅寺の芭蕉碑を訪ふて

苔咲や下ふく風も芳(かんば)しき　梅二亭牛昧　」133ウ

壬辰(みずのえたつ)　初冬の日、肖像を拝して

時雨会や松も柏も法の声　橘亭（花押）　」134オ

翁のむかしを今におもふのみ。菴這入て、いとなつかしくあたりを見めぐり侍る

夜鳥のしづまるあとやほとゝぎす　」134ウ

庵に居てこもり出て舞う暑かな　三河琵琶園禾秀

天保十三寅夏　内田筑後謁　」135オ

文月の末、この庵を問ひ、むかしがたりを師にきゝ、いともの床しきに、蟬の声のみ音(おと)信(ずれ)ければ

分入ばむかし語るや秋の蟬　　芸州広島梅里　」135ウ

知りぬれど俤にあるもみじ哉　　峨眉亭米仲（花押）　」136オ

観音の慈悲も
提婆(だいば)の悪も
文殊の知恵も
槃特(はんどく)の愚痴も
皆一如(いちによ)ならん　」136ウ

鴛(おし)かもやたつも眠るもおなじ業(わざ)　　梅筆今雅（印）　」137オ

雷(いかずち)に根もなき雪の積夜かな　　澂心角　」137ウ

士房

貳

己巳仲秋初十、訪芭蕉葬、庵主出社簿、乞題詩。卒然書之。寺存蕉翁碑。其銘有、行雲流水、十暑三霜等之字。又次其韵云。

平安青柳紫水間人神清窓拝草

【読みくだし】

己巳（つちのとみ）仲秋初十、芭蕉葬を訪う。庵主社簿（しやぼ）出して、詩を題するを乞う。卒然としてこれに書す。寺に蕉翁碑存す。其銘に、「行雲流水、十暑三霜」等之字有り。又其の韵に次して云う。

平安青柳紫水間人、神清窓拝草す。

」1オ

（白紙）

」1ウ・2オ見開き

花君百拝

（絵図　八七頁・上）

」2ウ

（白紙）

」3オ

高居氏をはじめ、五六はゐ、これに一夜を明かして、米僊先生、西のおもを写されしを、

寺鐘五時聞、未朝霧深

」3ウ

金福寺ゟ（より）遠望

田中暁靄　　米僊写

（絵図　八七頁・下）

」4オ

（白紙）

」4ウ・5オ見開き

春楓　　高居氏

（絵図　八八頁・上）

」5ウ

藁ぶきにさら置わたす時雨かな　　九蒼拝

」6オ

列席に訪ふて
木の葉掃墓の前輪を時雨哉　閑令

」6ウ

弘化四歳十月五日、各々参会す。日没、捻香退散。

」7オ

其跡にけふぞ来て啼かんこ鳥　文燕拜

」7ウ

己（ママ）八月金福寺芭蕉庵をとひて
軒ば過まつのあらしの音絶て物しづかなるはせう翁の庵　樹飛連

」8オ

あらし山
こぞとふやわらじ素うらの

」8ウ

花の中　日黄浦（ママ）陳人（印）

」9オ

松風を吹

」9ウ

返したる芭蕉かな　花洛鶴員

」10オ

冬瓜（とうがん）に障（さわ）れば

いたし軒寒み　　松日園」10ウ

」11オ

初冬十七日、四明山下、もみぢがり行くらし、金福寺の翁のいほりにやどりて

しぐるゝや比叡のわたりのかよひ雲　　松川亭春□

凩やしばく叩く庵の窓

月代（つきしろ）は窓にのこりて時雨けり」11ウ

水無月六日、狸谷岩屋明意上人へまふで（ママ）て、はからず翁の草庵に宿りて

水無月をわするゝ朝のこきこゝろ

跡たれてつきに翁の清水哉　　浪華某」12オ

鶯のこゑをねざめや芭蕉庵　　浪花某」12ウ

松風やその末広きとをあらし　　仝」13オ

慶応三とせ神無月のころ、芭蕉にふりはへて

たづねくもきたやましぐれ一むらのそめしこずゑにあひにけるかな　為□」13ウ

辰のとし、卯月の末つかた、芭蕉庵にまかりて

いにしゑのけしきは尽じ苔の花　尾陽素景」14オ

うら山の松吹音や春の風　尾陽千尋

（松図　八八頁・下）」14ウ

（白紙）」15オ

（蟹・竹図　八九頁・上）（印）

横行介士

丁卯（ひのとう）孟冬写、於芭蕉葊

鉄蕉生（印）」15ウ・16オ

蕉翁塚に詣て

こゝろなき我にもおくやそでの露　孝忠」16ウ

（白紙）

」17オ

慶応戊辰閏四月、不図（ふと）北山に遊歩して、翁の草庵をとい、しばらく爰に枝（杖）をとゞめて、

」17ウ

過しむかしの清素をおもひ出し、俤（おもかげ）をしたわしく、一章をなして」再拝す

有（あり）やなしや落葉の底に水の音　　備中新見省我拝

」18オ

むかしよりいかづちしらぬはせを翁　　三埜拝

」18ウ

芭蕉庵の後岡に、夜半翁が塚あり。これもまた、桃李蹊（とうりけい）を開くに似ざらん」やは。方来の風、

」19オ

人追慕の句に乞（こう）。これに書記しつゝ、ながく幽魂を慰めて、其法楽となさむ事を、山主こゝ

に題す。

」19ウ

収遺骨日

帰らめや路草青き春の野辺　　松宗

其翌日、墓参して

けふははやひと夜のむかし春の草　　几董

」20オ

ことし洛にのぼれば、彼夜半はや故人となれり。今は何とかせむ。唯その墳塋にたどりて、我愁腸をとかむと、二三子にみちびかれて、金福寺にいたれば、塚は後の山にありて、赤土いまだ春艸に凍く。つゝじ、若葉打みだれつゝ、晨の松のかぜ、更ゆく夜の月、さすがに叟が此墳に宿望」ありしも、いとおもひ出られて、幽容それ見るがごとし。生也死也、あやしむべくもあらねど、愁腸又つくさず。愁腸それつくさん哉　」20ウ

かなしさに塚をにらめば散つゝじ　　僧雉菴　」21オ

卯月十三日、また夜半の塚にいたりて

来ては帰るこゝろ誰が知る閑古鳥　　雉菴　」21ウ

ことし甲辰の冬、十月十一日、祖翁の忌をつとめ侍る折から、亡師が墳墓の新に落成せしに、かの生前所願の発句によりて、期年の追福をいとなみ侍る

ほとりせし碑もひとゝせを霜の草　　几董拝　」22オ

碑を建てあらたに冬を昔かな　　月居

ふるなみだはや一年の苔のしも　　維駒

雲根のうちかさなりてしぐれ哉　百池
碑の辺冬鶯も啼なめり　我則
碑の前や唯なつかしき片時雨　佳棠
まざ〳〵と白梅莟む暁寒し　臥央
かへり来む魂ならばしぐれ日を曇れ　元室
冬梅はことしも咲を一周り　春坡
ひとゝせのむかしや冬の梅もどき　湖嵒
一とせを夜半に語るや霜の声　是岩

」22ウ

」23オ

呈夜半翁碑前

取入るものゝ跡つく時雨哉　道立

蕪村翁小祥忌に、社中の人々墓碑を造立し侍りければ

椎に隣る碑よりたちそむ時雨かな　松宗

」23ウ

丙午十月十二日

はせを庵のしりへに先師の墳あり。芭蕉庵の前に同門大魯がしるしの跡有

枯草のもちゐ備えん塚ふたつ　几董

」24オ

蕉翁の忌日（きにち）、金福禅林に至りて、此寺の山号をもて先師の墳前に手向となす

冬となりぬ詣（もうづ）る時が仏の日　百池拝書」24ウ

けふまた人〴〵のために此山にまいる

塚寒し日の入がたや西の海　几董」25オ

奉先師墳前

世に在（あら）ば眉に見るべきを塚の霜　半桂拝

天明　丙午（ひのえうま）冬」25ウ

御経（おんきょう）に似てゆかしさよ古暦　蕪村居士

めぐれば寒き廿五日ぞ　半桂拝

天明　丁未（ひのとひつじ）　冬十二月」26オ

己酉（つちのととり）　夏

七とせのむかし、はじめて夜半翁に知をむすびて、風流の長たるを信ず。今は甲斐なく

碑前に謁して

碑を問へば旧キ懐(おも)ひぞ苔の花　在京桃睡三拝 」26ウ

先師七回の墳上まうす。此翁世を辞し給ひて後、道のために摩訶する人もなく、只口を閉て年月をふるのみ

目には雨腹には麻の乱レ哉　百池拝 」27オ

去年の冬は難波江のかり住ゐして、墳上の洒掃も怠りにし罪を、けふこゝに謝し奉る

卯花の雪をこゝろの浄めかな 」27ウ

大魯がしるしの石に手向す

みじか夜や梁(うつばり)の月を俤に

右二　夜半亭几董 」28オ

芦陰舎大魯居士の墳(つか)にもふでゝ 」28ウ

身にかゝる雫(しずく)手向ぬ若葉山　浪花尺艾拝 」29オ

井の側(そば)に碑(いしぶみ)ありてかんこ鳥 」29ウ

静さや花も実もなき人の跡　　酔月

」30オ

もみぢかつ散るをあはれめ人の上　　双魚

」30ウ

道成寺

（絵図　八九頁・下）

」31オ

（白紙）

」31ウ・32オ見開き

百嶺逸人、洛東写于金福精舎。時　庚午（かのえうま）五月念三日也。（花押）

（絵図　九〇頁・上）

」32ウ・33オ見開き

（白紙）

」33ウ・34オ見開き

明治紀元初秋、はせを庵に訪て

こゝに来てわれもさびしき閑子鳥　　三痴（花押）

」34ウ

朝がをにつるべ取れてもらひ水　千代句

庚午(かのえうま)仲夏念三日　当精舎写　米仙夫 」35オ

初冬の比(ころ)、当庵にあそびて

時雨して尚奥深し翁の菴　一風 」35ウ

紅葉ばのかわけるうへに時雨かな　南情 」36オ

金福寺中芭蕉庵を訪づれ、虫ばむ椽(えん)に腰をおろし、翁の高吟を偲び侍りて

せめてもに栞(しお)りせよかし閑古鳥　三圃

空低うなる夏の山の端　蘭石

文台の墨の香今も匂ふらん　竹窓

頭陀打叩く底の哥屑　玉鳳 」36ウ

夕月の斜めにかゝる下り松　御月

早(はや)露ふかき路芝の上　春堵

○

庵覆ふ樹々は年経て夏深し　三圃

椎の木の庵覆(おおい)けり風涼し　　茶石

影に澄む翁の水や苺(こけ)の花　　御月

鶯の老音や近き金福寺　　玉鳳

夏深き庵の中なり苔清水　　竹窻

」37オ

洛東逸人緑窻写（印）

」37ウ・38オ見開き

（絵図　九〇頁・下）

来て暫しわする丶家事やはるの空　　仙草

」38ウ

金福寺の庵を尋て

うぐひすや昔を忍ぶ軒に啼　　稲処

」39オ

ふる年のゆかしや苔も緑して　　百中閑人（印）

」39ウ

花ちりてまたしたひよる軒の虻　　粋白

明治六年四月

右画とも五名」40オ

明治六、四月金福寺の翁像前に拝奉りて

つや〳〵とさす日の寒し若葉かげ　豊後可梁

○

忘れ霜わすれぬ程に置にけり　〻」40ウ

（白紙）」41オ

作嵓米仙

写竹百嶺

（絵図　九一頁・上）」41ウ・42オ見開き

（白紙）」42ウ

難読箇所一覧

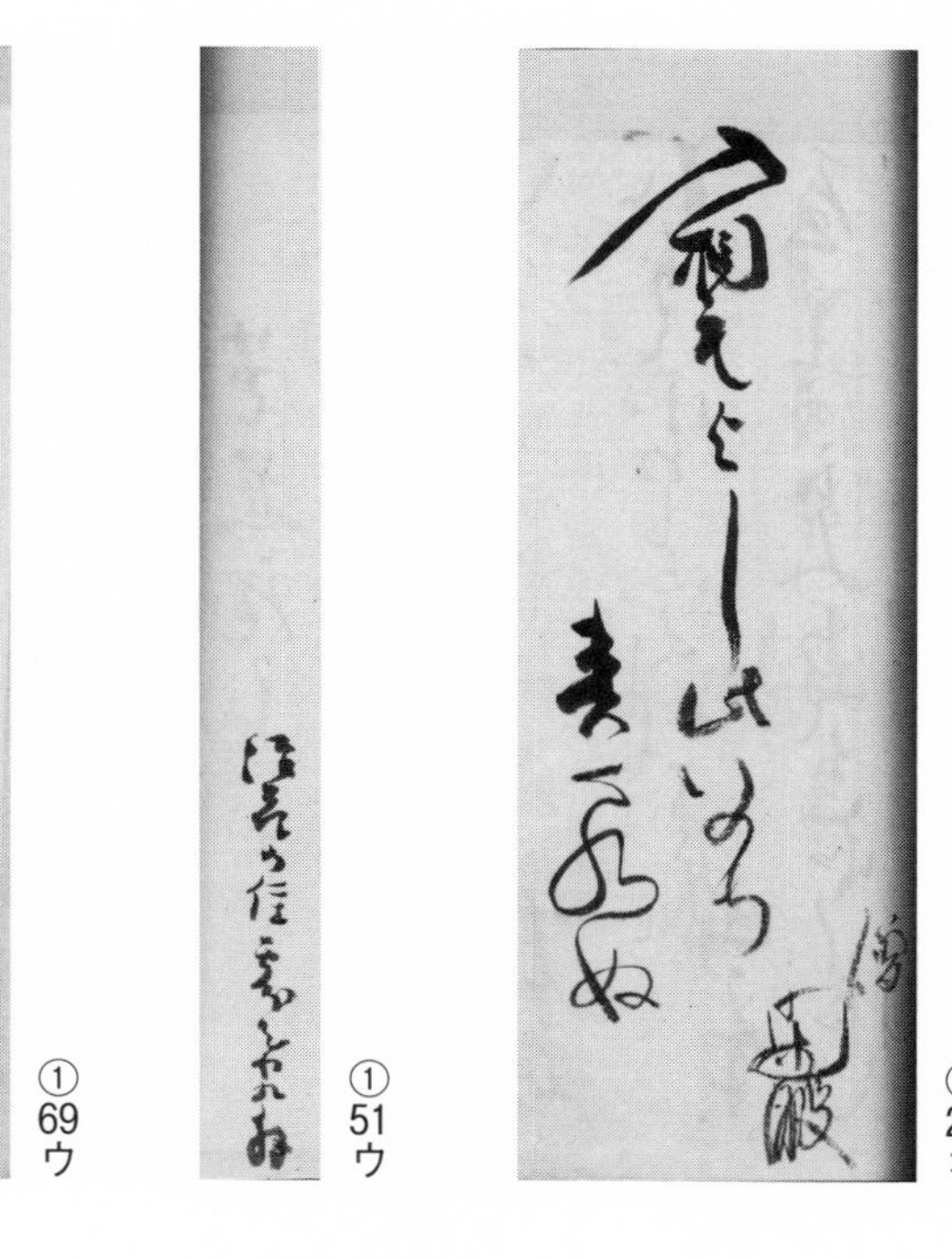

①18ウ

①27オ

①51ウ

①69ウ

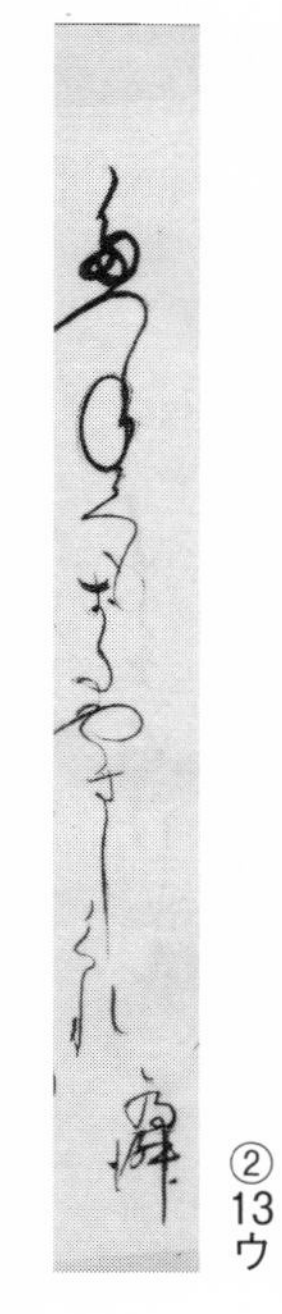

①76オ

①124ウ

①135オ

②9オ

②11ウ

②13ウ

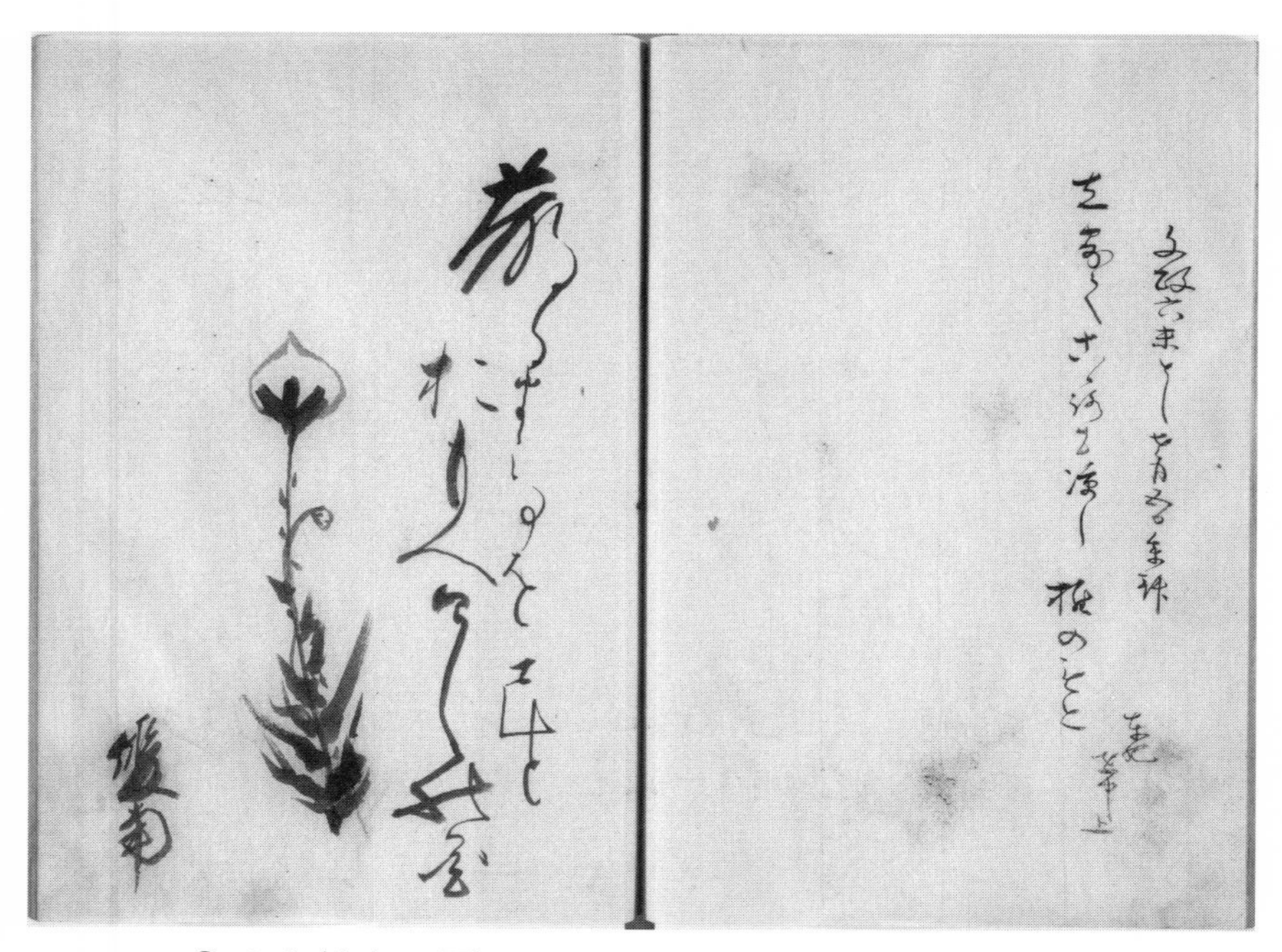

① 48 オ（本文 32 頁）

① 73 オ　（本文 39 頁）　① 72 ウ

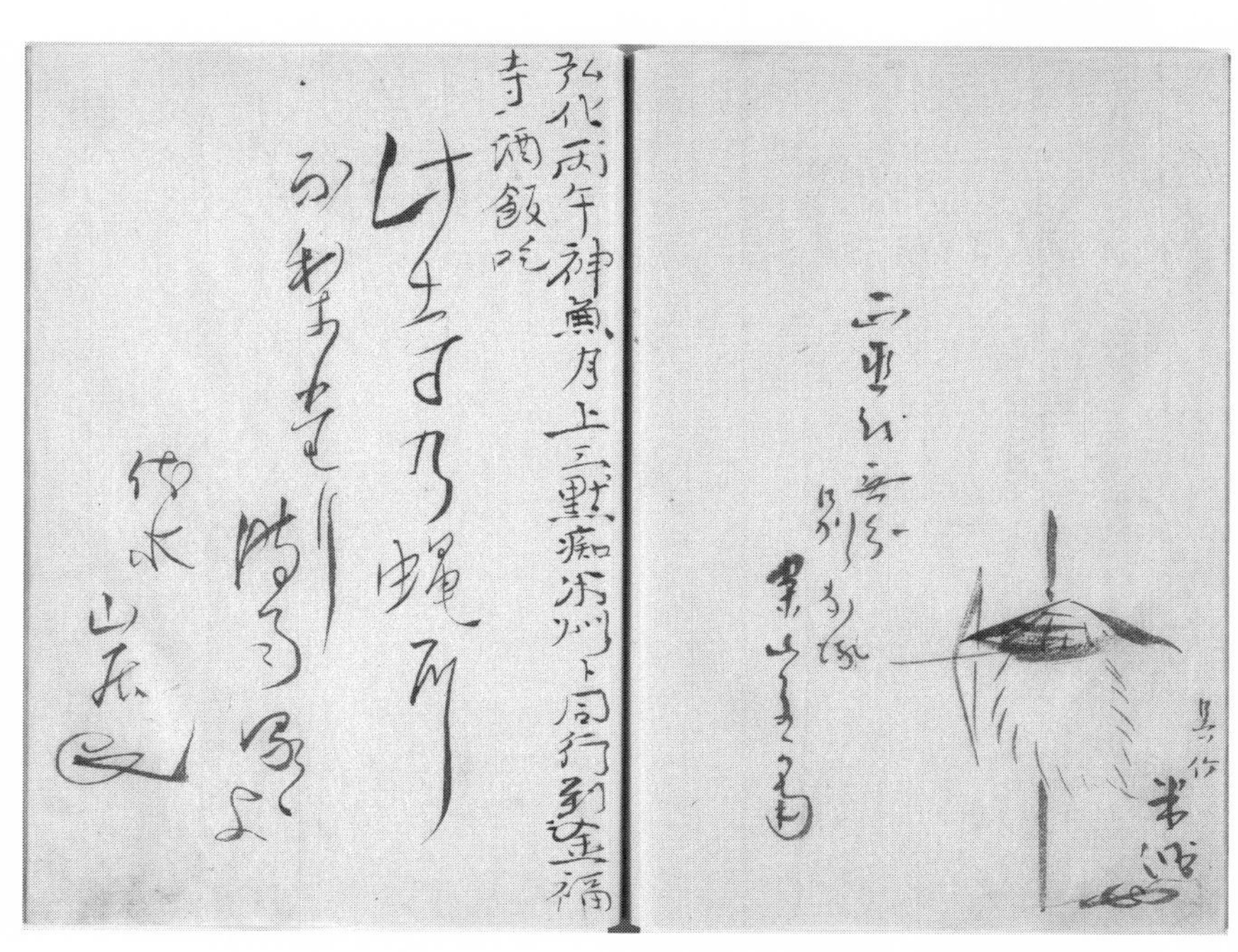

① 76 ウ（本文 40 頁）

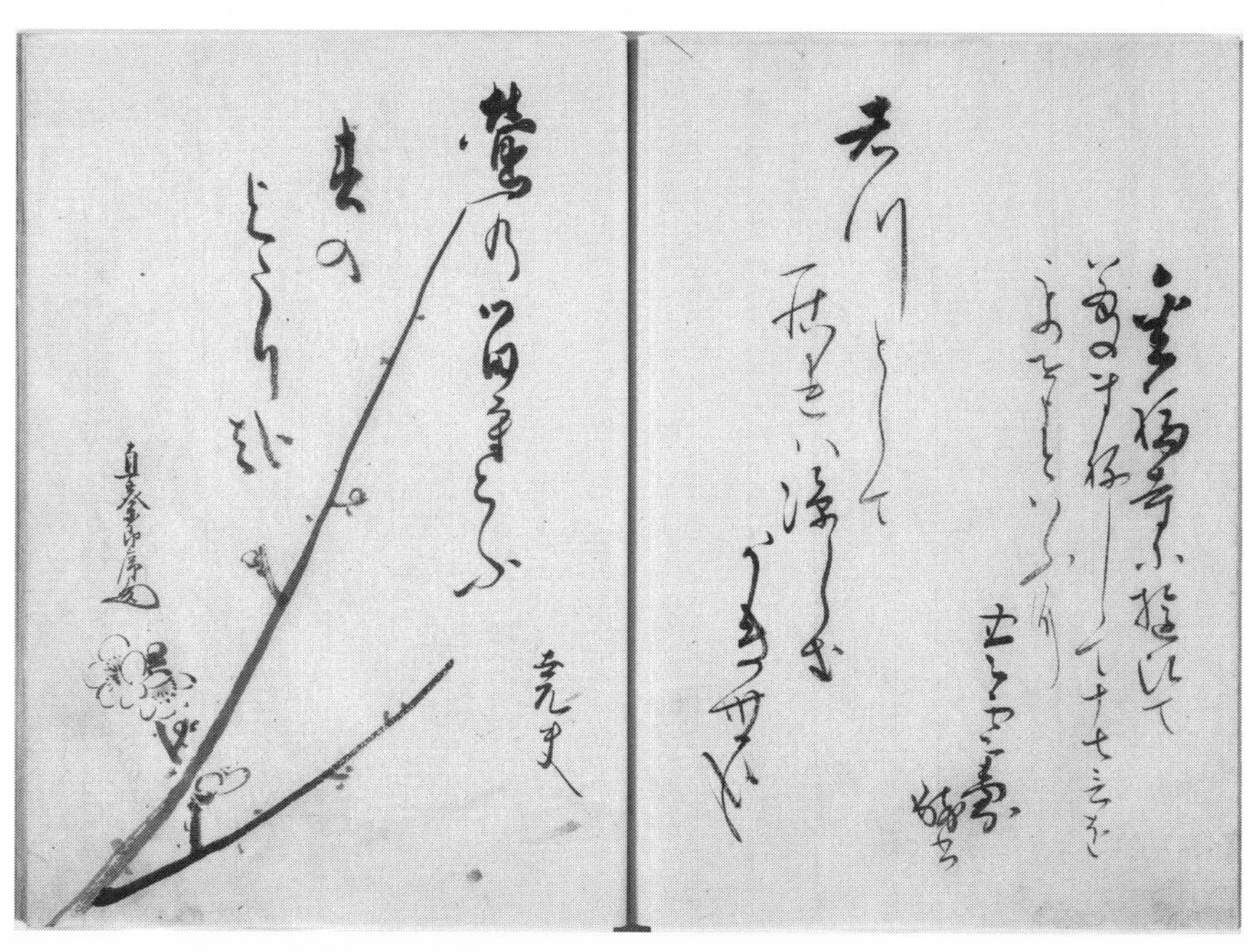

① 106 オ（本文 52 頁）

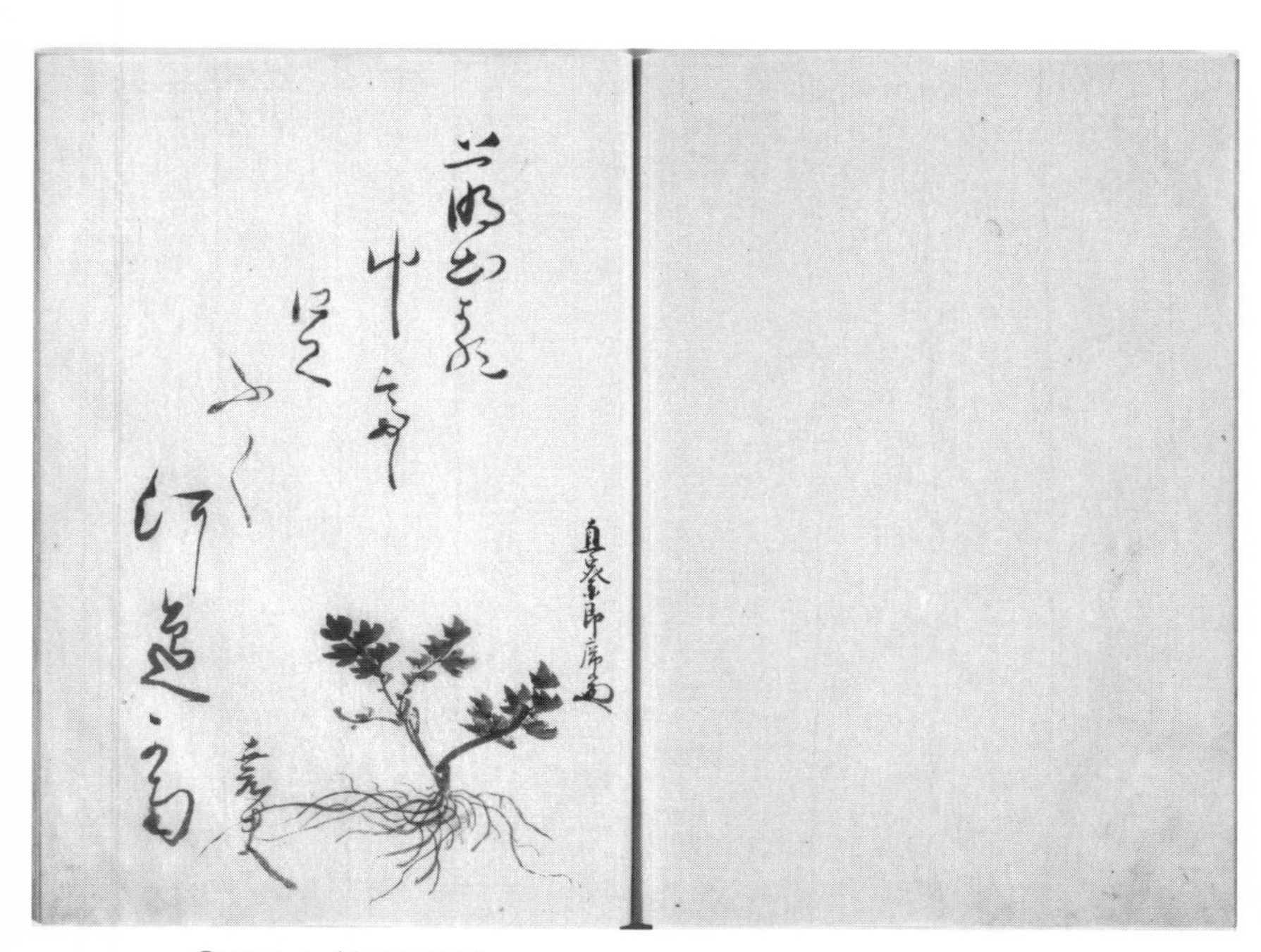

① 107 オ（本文 52 頁）

① 115 オ　　　（本文 57 頁）　　　① 114 ウ

① 116 オ　　（本文 58 頁）　　① 115 ウ

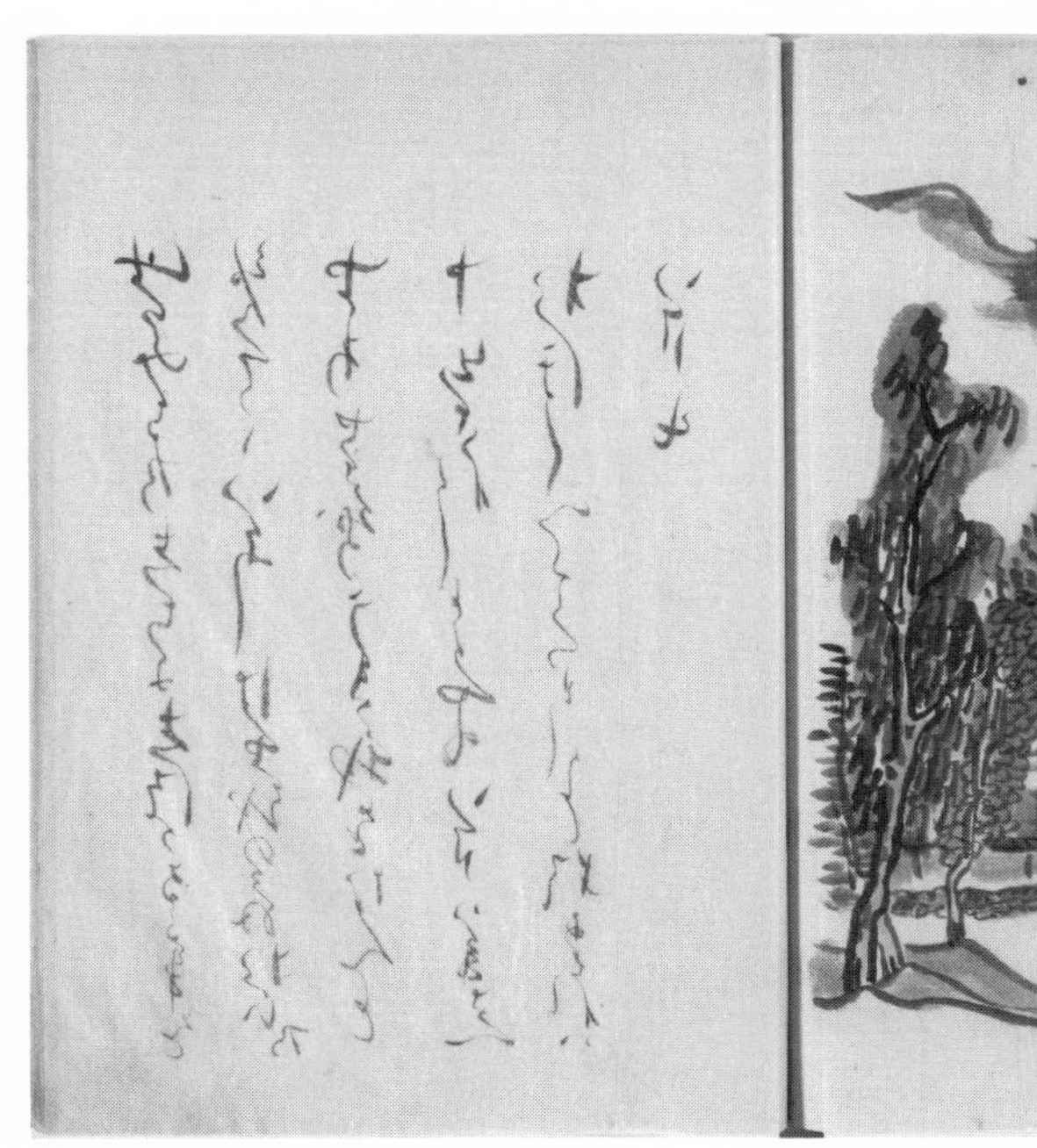

① 119 ウ（本文 60 頁）

① 121 ウ（本文 60 頁）

① 122 オ（本文 61 頁）

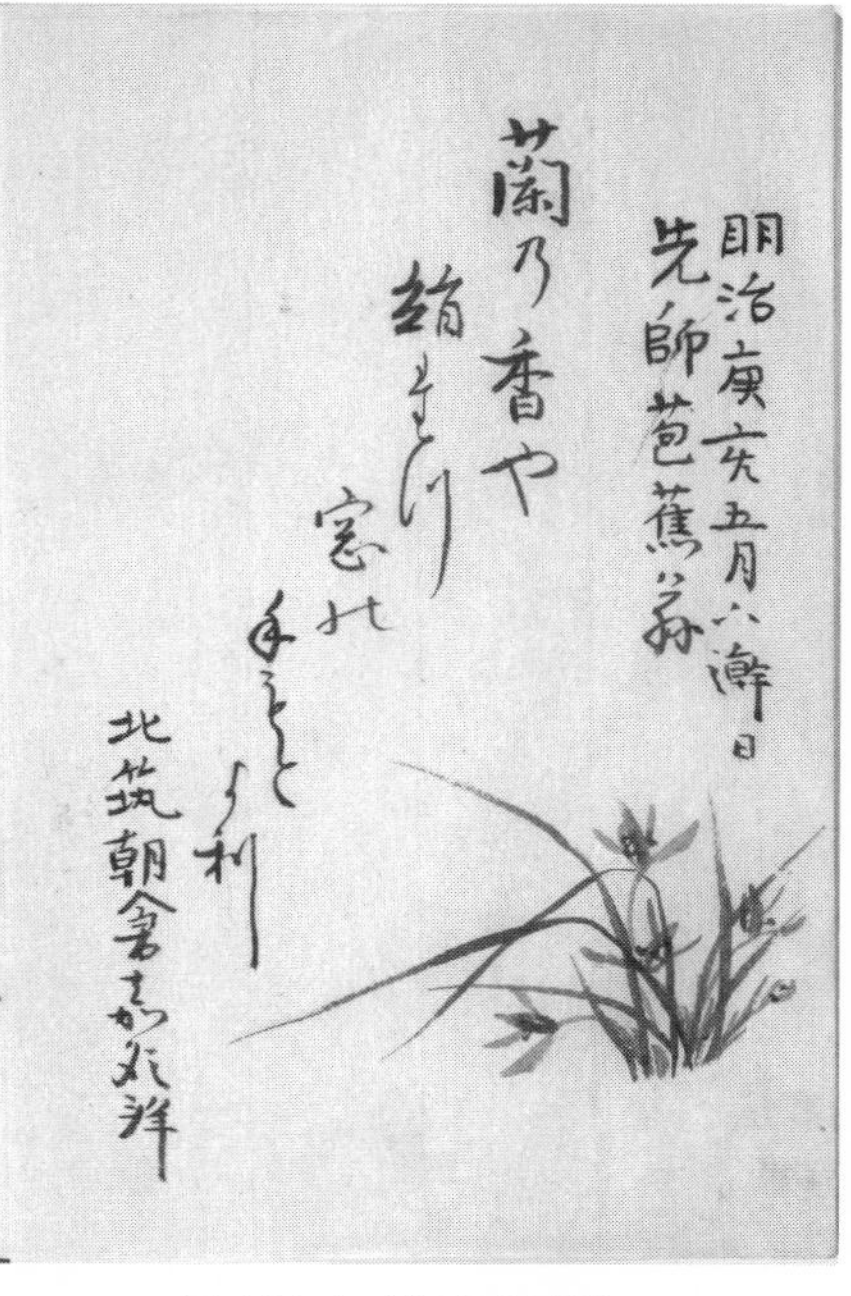

① 124 ウ（本文 62 頁）

① 125 オ（本文 62 頁）

②２ウ（本文67頁）

②４オ　（本文68頁）　②３ウ

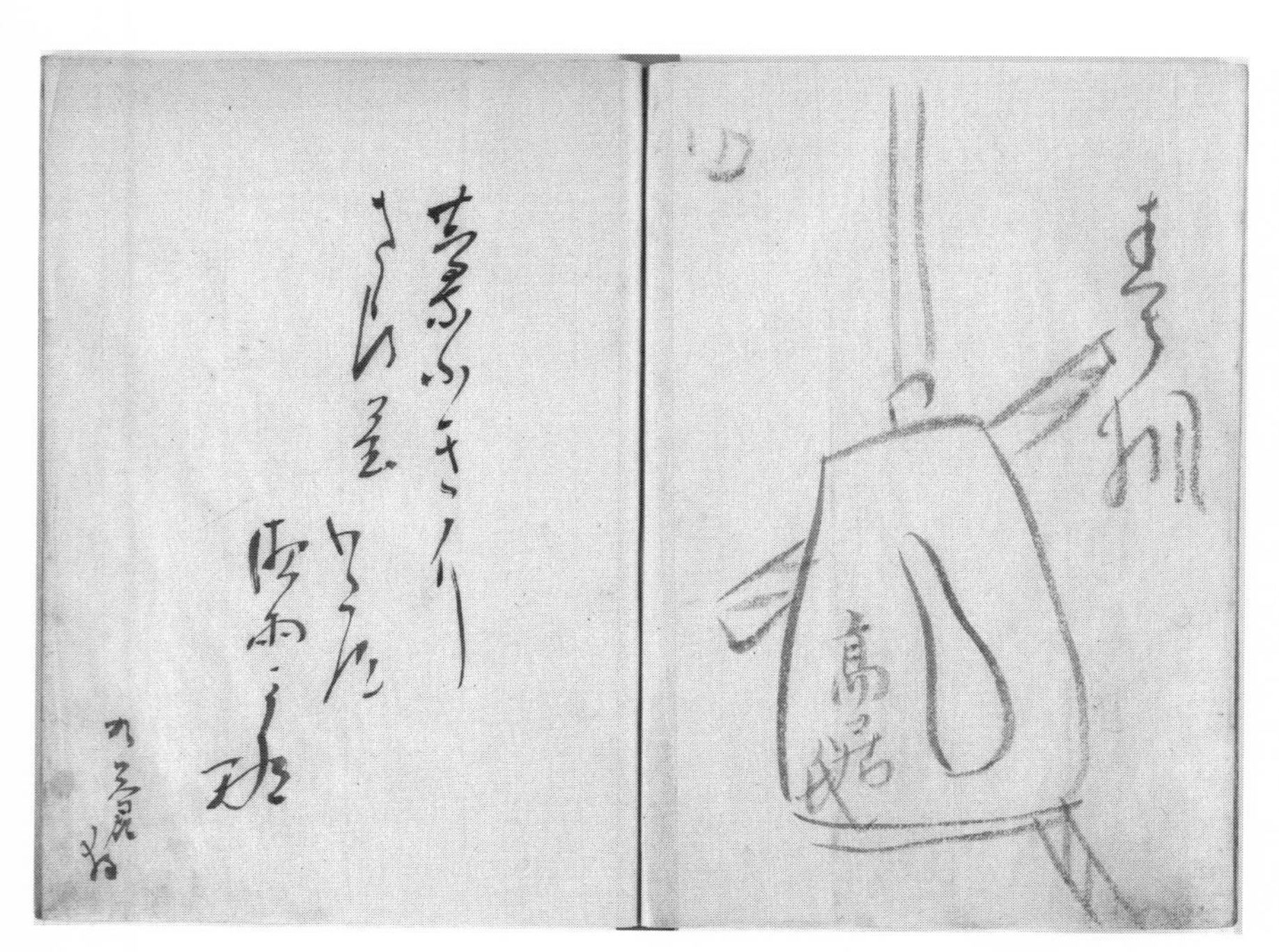

② 5 ウ（本文 68 頁）

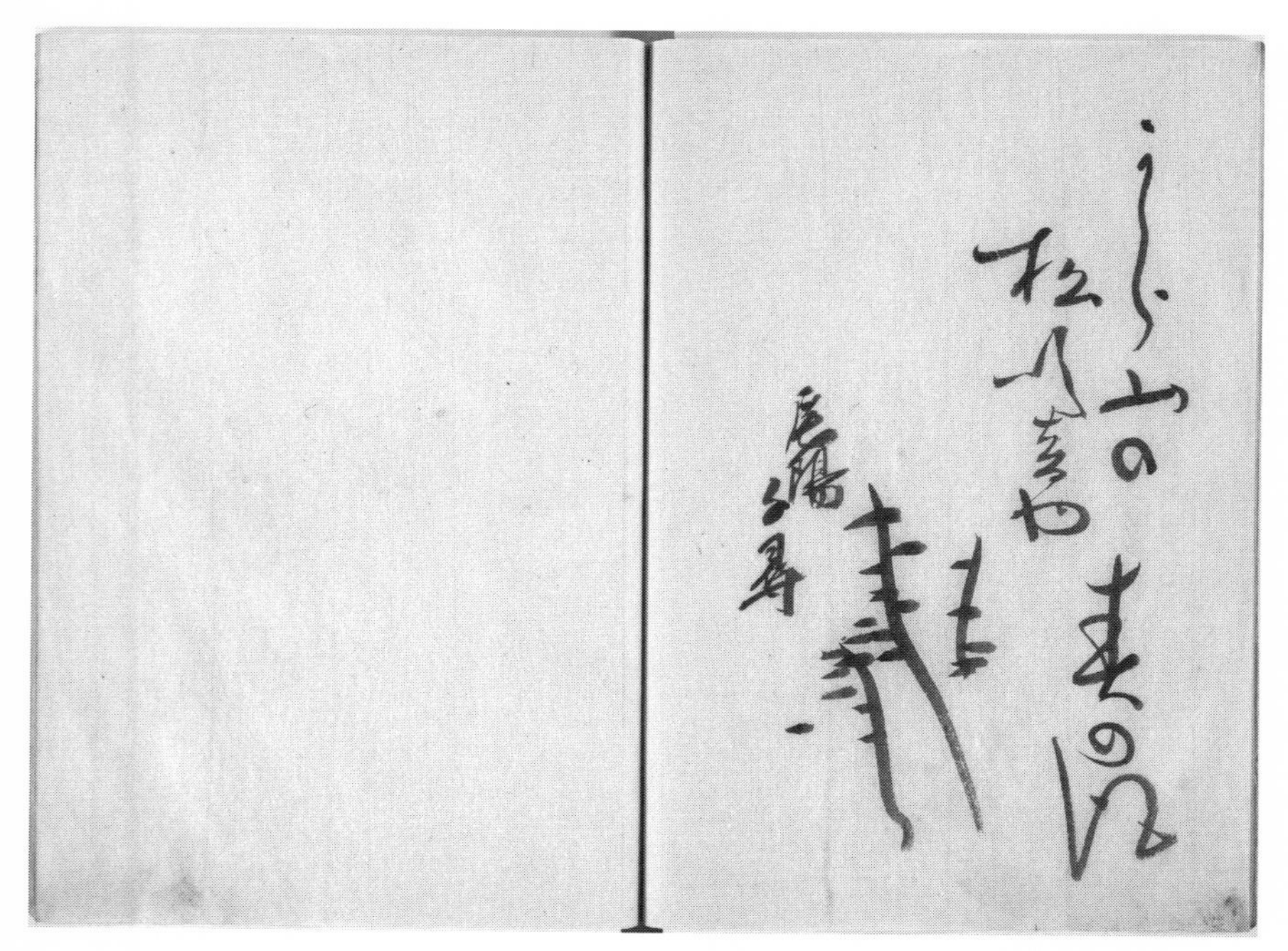

② 14 ウ（本文 71 頁）

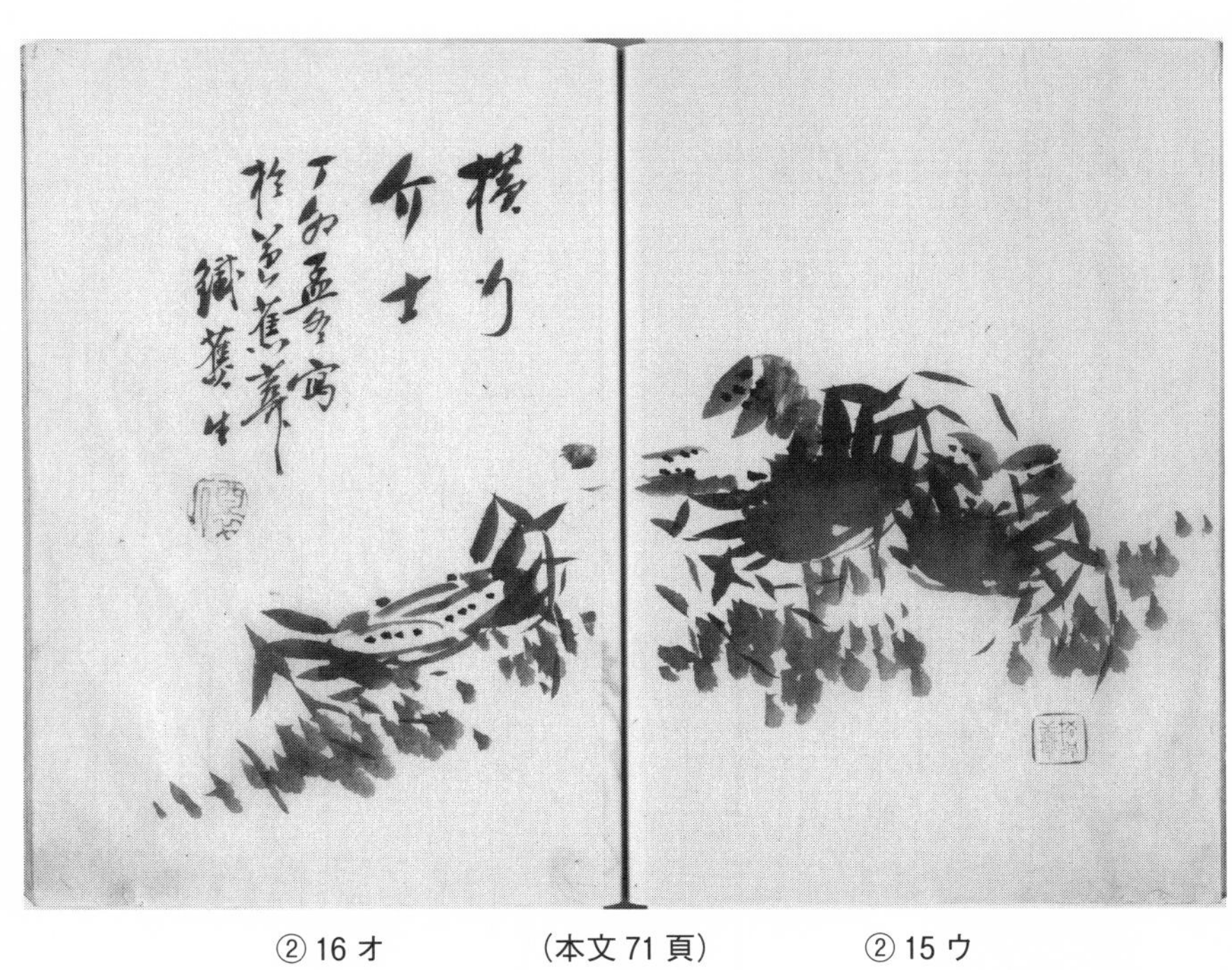

② 16 オ　（本文 71 頁）　② 15 ウ

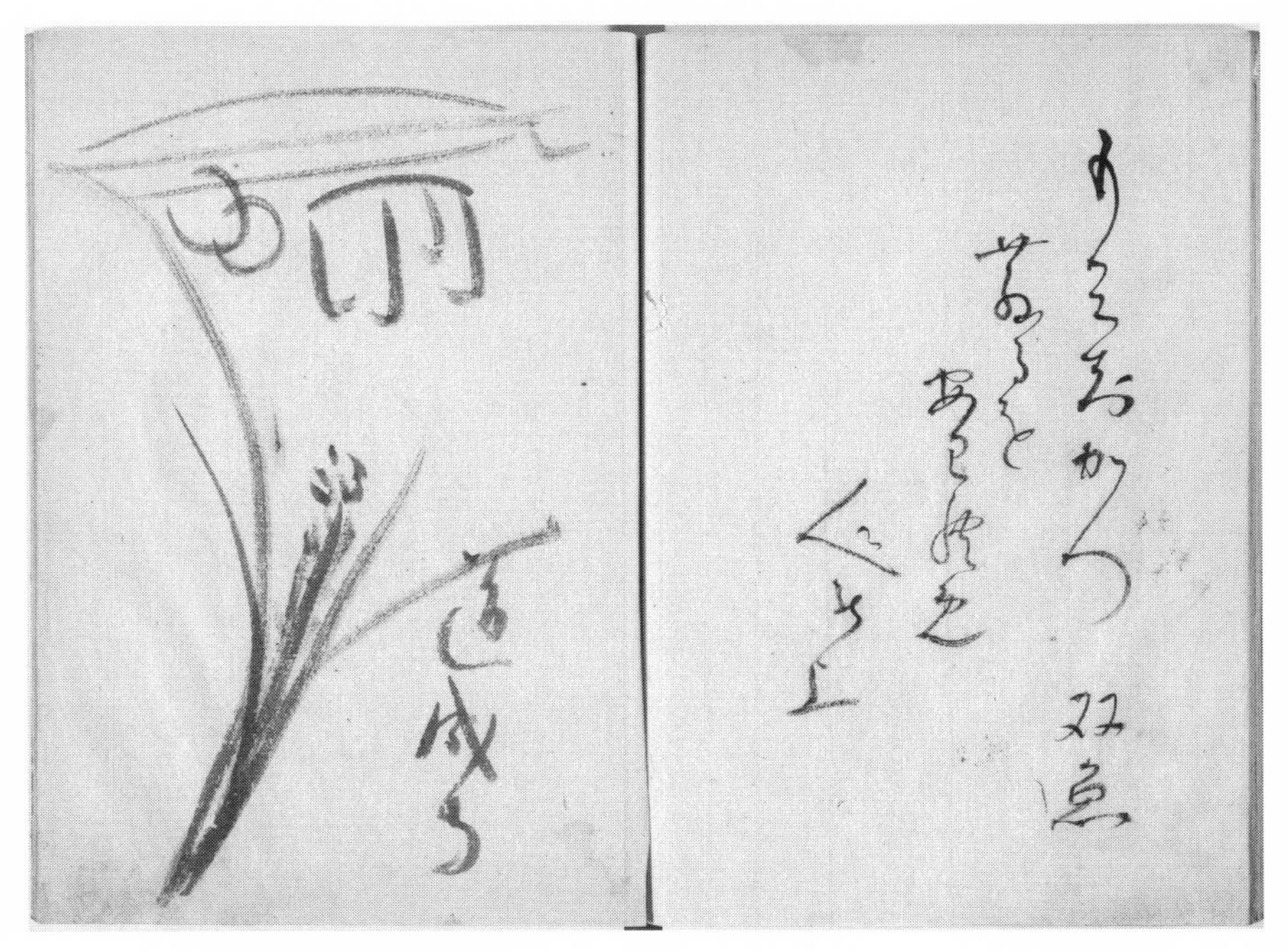

② 31 オ（本文 77 頁）

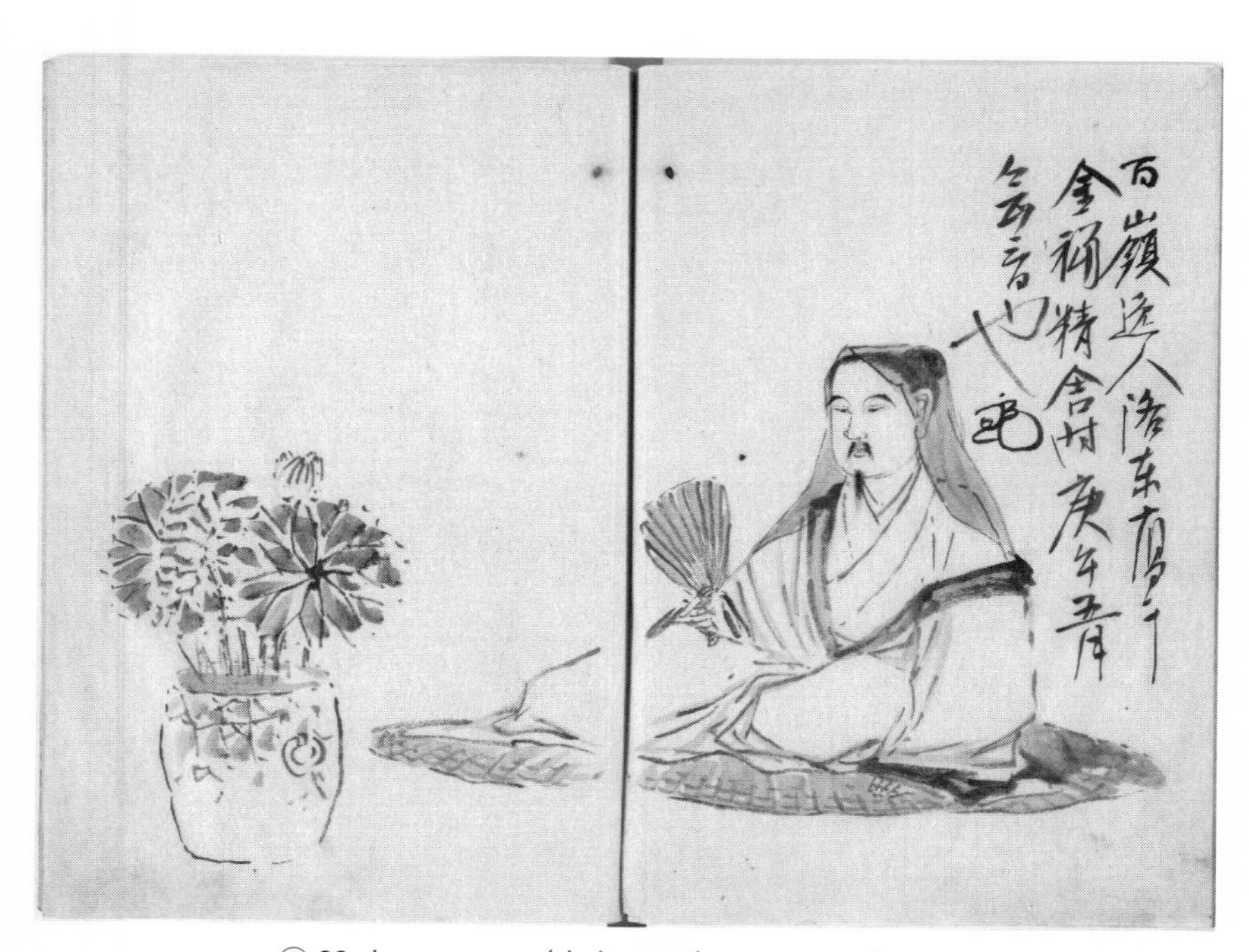

② 33 オ　（本文 77 頁）　② 32 ウ

② 38 オ　（本文 79 頁）　② 37 ウ

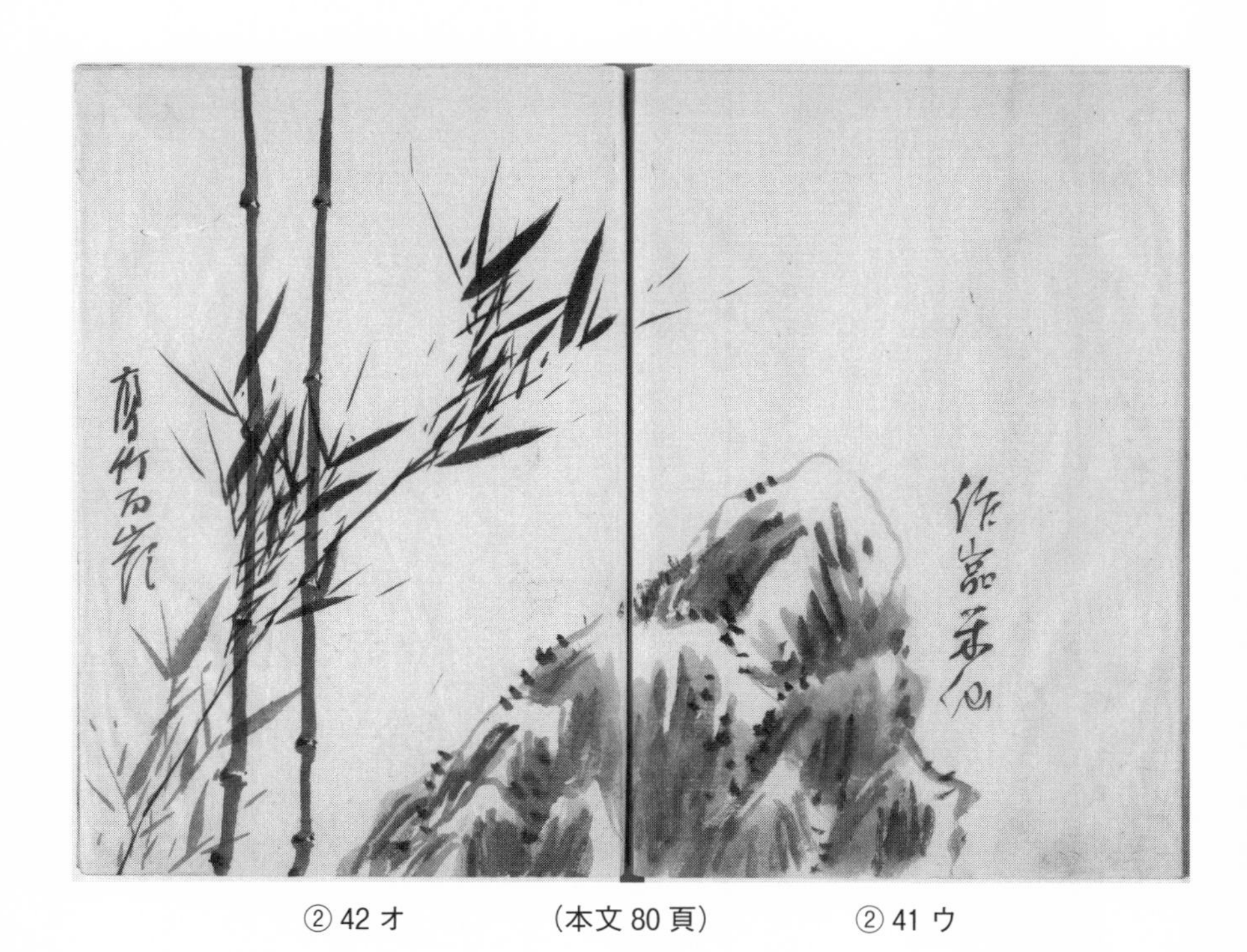

② 42 オ　（本文 80 頁）　② 41 ウ

解説

藤田真一

次第

去る二〇二一年二月のこと、カメラマンに同行して金福寺を訪ねた。まもなく刊行予定の『花美術館』蕪村特集のカメラ取材のためだった。奥から出していただいた、蕪村筆の芭蕉像や、やはり直筆の「芭蕉庵再興記」などを撮影するようすをうかがっていた。するとそこへ、お寺を守っておられる小関素明氏（立命館大学文学部教授）より、何気なくという感じで、和本を手にしながら、あるお訊ねがあった。

「父がときどき取り出しては見ていた本なのですが、どういう本なのでしょうか」

一見して版本ではなかったので、「なにかの写本でしょう」とつぶやきながら、ページを繰ってみた。だが、写本ならたいてい筆跡は同筆になるはずなのに、ことごとく違っているのが即座に見てとれた。注目すべきは、几董や百池にまがうべくもない筆跡の句文が見られたことである。書物は二冊、かなりの大冊である。ただちにすべてを読み込んで、判断するのは容易でない。ちょうど折から、目的の品々の撮影を終えたあと、境内において、芭蕉庵や蕪村の墓などの撮影に臨もうとするときだった。

「いますぐに、この本の内容や性質を判断して申し上げることは困難なので、また日を改めて拝見させてください」

いったんこうお断りをして、その場はおさめることにした。ただ、ほんの一瞥にすぎなかったが、ちらとみた人名やわずかに読み取った内容からして、そのままにはしておけない貴重な一品だという予想はできた。これまで外に出していないという話だった。はやく機会をつくって、内容の吟味と今後の扱いについて案ずる必要があった。

その後三月の彼岸どきに、角屋保存会理事長の中川清生氏と蕪村墓参に参じた際、改めて本書を拝見することができた。予想にたがわず、本寺の芭蕉庵と蕪村の墓に折おり参詣した人びとが、記念として揮毫した書跡の数かずをしたためた書冊であることが判明した。

そこで、「これを研究者や蕪村愛好の方々にひろく知ってもらえるように、翻字してみてはどうかとおもうのですが」、とお願いしたところ、即座に小関氏は快諾してくださった。そのうえその場で、原本の貸与までお許しくださった。

そうなると、これを翻刻して、公表する場を考えないといけないことになる。当初、なんらかの学術雑誌に、二回くらいに分載することを考えた。ただそのかたちだと、一般の方や参詣者、あるいは俳句作者の目に触れることは容易ではないと予想された。

そんななかでおもいあたったのは、二〇二三年が蕪村の二百四十回忌にあたるということだった。とりたててキリのいい年忌とはいえないが、これを機に一気に本にして、金福寺に献納してはどうかというものだった。蕪村翁の供養にもなるではないか。翻刻にすれば、それほど大部になることはないだろうという見込みもあった。

となると、悠長にはしていられない。さっそく和泉書院社長廣橋研三氏のもとを訪ねて、経緯を話したうえで、上梓を懇望したところ、その場で応じていただいた。さらに、単独ではなく、協同の作業がふさわしいと考えて、富田志津子・福島理子・中村真理の各氏に協力を要請。その後翻字作業を進めるなかで、富田氏より、勤め先姫路獨協大学の出版助成を申請することを勧められた。渡りに船とばかりにこの制度に飛びつき、富田氏のさまざまな尽力の甲斐あって、今回の助成を受けることが許された。

以下、本書を繙読・利用するにあたって、必須とおもわれる事項をしるすこととする。

書誌

大本二冊　壹：26・4㎝×19・5㎝
　　　　　貳：26・5㎝×19・5㎝

題　簽　ナシ。ただし、「壹」「貳」の小紙貼付あり（以下、必要に応じて、「壹」「貳」の表記を用いる）。

装　丁　袋綴じ（ごく一部、袋に綴じてなく、一葉の紙綴じのものもある）。
表紙は、両冊とも茶褐色の布地。
装丁時期は不明。文字や絵図のあり方から考えて、当初より現装のかたちだったとは考えられず、はじめは懐紙様の用紙に揮毫されていたものを、ある段階で（たとえば江戸末期か明治初期）、整理して装丁をほどこしたことも想定される。その時期は分明ならざるものがあるが、後述のなかである程度探ってみたい。現装は口絵参照。

紙　質　楮紙。全冊にわたって同一紙の印象はあるが、微妙な変化が認められなくはない。装丁のありようと同じく、揮毫時の状況を勘案する必要がある。

保存状態　ごく一部にごく微細な虫損が認められるが、おおむね保存は良好。汚れもほとんど認められない。

丁　数　丁付ナシ。ただし、「壹」は全一三七丁、「貳」は全四二丁。翻刻にあたって、一枚のみの紙や白紙についても仮に丁付をふった。現在の仕様にいたる過程を考慮する際に必要があると判断されるからである。

揮毫時期　天明元年（一七八一）から明治六年（一八七三）。次節に詳細を逐次掲げる。

筆　跡　「次第」にしるしたように、作者各自の自筆。ただし、連句についてはまとめてだれかに一任されている。口絵に、本書を代表する筆跡として、几董・道立の揮毫（一部）を影印にて掲出する。

行　数　不定。

序文跋文　「壹」「貳」、いずれにもナシ。

奥　書　ナシ。成立事情をうかがわせる記述は見あたらない。

揮毫年次

前節にしるしたように、成立事情をしめす文章はないものの、前書等に、句文・詩歌を揮毫した年次をあらわす文言が本文に散見する。本節では、「壹」「貳」の全冊にわたって順に、当該箇所と丁数を列記しておく。

年次（月日）	西暦	本文適記	丁数（表・裏）

【壹】

寛政五年夏	一七九三	十とせあまり三とせ	1オ

天明元年夏	一七八一	天明のけふ	2ウ
天明二年夏	一七八二	今は六とせばかり	6ウ
天明六年閏十月か	一七八六	閏月のはじめ	11オ
寛政五年夏	一七九三	百年の魂（百回忌）	12オ
寛政元年夏	一七八九	去年の春の祝融	12ウ
天明八年	一七八八	戊申の春	13ウ
寛政五年	一七九三	芭蕉百回忌	18ウ
寛政六年一月	一七九四	寛政甲寅きさらぎ	23ウ
文化六年十一月二十六日	一八〇九	文化六巳歳	39ウ
文化九年四月二十日	一八一二	文化九年	40ウ
文化十一年四月七日	一八一四	文化十あまり一とせ	42オ
文化十一年五月	一八一四	清了尼初月忌	45オ
文化十一年十月	一八一四	文化戌の初冬芭蕉堂	45ウ
文化十二年十一月二十五日	一八一五	蕪村三十三回忌	47オ
文政六年五月五日	一八二三	文政六未さ月五日	47ウ
文政八年九月十三日	一八二五	文政八九月十三日	62ウ
文政八年九月十五日	一八二五	文政八酉ノ九月十五日	63ウ
文政十三年一月十二日	一八三〇	文政十三年正月	64ウ

文政十三年閏三月二十八日	一八三〇	后三月念八日	67オ
弘化三年十月三日	一八四六	弘化丙午神無月	77オ
天明元年十月十日	一七八一	天明元年十月十日	84オ
寛政五年春	一七九三	蕉翁百回忌	88オ
寛政九年一月二十五日	一七九七	丁巳孟春念五日	111ウ
寛政九年三月	一七九七	丁巳晩春	114ウ
明治　五月下旬		明治庚亥（「庚亥」は不明）	124ウ
文政七年	一八二四	文政七ツのとし	128オ
文政八年十月十九日	一八二五	文政八酉十月十九日	132ウ
天保三年十月	一八三二	壬辰初冬	134オ

【貳】

文化六年八月十日	一八〇九	己巳仲秋初十	1オ
弘化四年十月五日	一八四七	弘化四年十月五日	7オ
慶応三年十月	一八六七	慶応三とせ神無月	13ウ
慶応三年か十月	一八六七	丁卯孟冬	16オ
慶応四年閏四月	一八六八	慶応戊辰閏四月	17ウ
天明四年十月十一日	一七八四	甲辰の冬十月十一日	22オ
天明四年十二月二十五日	一七八四	蕪村翁小祥忌	23ウ

天明六年十月十二日　一七八六　丙午十月十二日　24オ
天明六年冬　一七八六　天明丙午冬　25ウ
天明七年十二月　一七八七　天明丁未冬十二月　26オ
寛政元年夏　一七八九　己酉夏　26ウ
寛政元年夏　一七八九　先師七回　27オ
寛政元年（五月）　一七八九　去年の冬は難波江　27ウ
文化七年五月二十三日　一八一〇　庚午五月念三日　32ウ
文化七年五月二十三日　一八一〇　庚午五月念三日　35オ
明治六年四月　一八七三　明治六年四月　40オ
明治六年四月　一八七三　明治六、四月　40ウ

一覧して、「壹」も「貳」も、すべてが年代順にとじられているわけでないことは、一目瞭然である。「壹」の冒頭からして、寛政五年（一七九三）の記事のつぎに、なぜか一気に天明元年（一七八一）にもどるといった様相を呈す。年代順に記事が進むものという予想に反して、こうしたふしぎに頭から出くわす。同様に、前後する事象は各所に散見し、とまどいを禁じ得ない。とはいえ、ある一定のかたまり、またそれなりの並びが見てとれなくもない。そうした現状を解きほぐすことによって、金福寺現蔵の原本の成り立ち、そして参詣者が揮毫した本来の形態を想定することができるのではないか。

次節では、こうした課題に取り組むなかで、本書の成立事情を探ることとする。

庵と碑

金福寺といえば、いまでこそ蕪村の墓所として知られているが、そもそもは「芭蕉ゆかりの禅院」という認識が一般的だった。そのことを蕪村は、「洛東芭蕉庵再興記」（安永五年）にこうしるしている（『写経社集』）。

四明山下の西南、一乗寺村に禅房あり。金福寺といふ。土人口称して芭蕉庵と呼。階前より翠微に入ること二十歩、一塊の丘あり。すなはちはせを庵の遺蹟也とぞ。

「四明山下」は比叡山の麓、「土人」は土地の人びと、「翠微」は緑陰のうちの境内を意味する。金福寺は比叡山の麓とあるが、京都市の西北には、かの大文字山があって、その山下にある寺といったほうがわかりやすいだろう。かねて、境内には芭蕉の足跡が残っているといわれていた。

奥州旅行を終えたのち、芭蕉は畿内各地をめぐり歩くことが多かった。ことに近江の地にはなじみが深く、人びとと親しく交わった。またそのころ、京都では『猿蓑』の編集にたずさわるなどの用向きがあり、京・近江を往き来することがしばしばだった。そんな行き交いのなかで、ときに金福寺の岩のほとりに憩うことがあったという口伝があった。そして当時、四世住職鉄舟和尚がみずからの草堂を、芭蕉にちなんで「芭蕉庵」と命名したと言い伝えられていた。

ところが、時のながれのなかで、いつしか庵は朽ち果て、そうした謂れも忘れられてしまった。そのことを愁えて、ひとりの文人が復興を願って立ち上がった。自在庵道立（樋口氏）、漢詩人江口北海の第二子にして、当時川越藩の京留守居役を務めていた人物である。もとより蕪村らとは親交があり、句会に一座することもあった。

そんななか、かれが発起人となって、芭蕉庵の再興を企てた。それに呼応して、蕪村の夜半亭一門が全面的に賛助することとなった。そこで、安永五年（一七七六）四月、発足の句会を金福寺の残照亭にもち、以後毎年四月と九月に句会のために集まることとなった。あわせて『写経社集』の句集を上梓し、巻頭に、蕪村は前引の「洛東芭蕉庵再興記」を叙した。ちなみに道立は、本書「壹」の巻頭に文章を寄せている。

そして、五年後の天明元年（一七八一）五月、再建がなり、記念して「芭蕉庵落成之俳諧」が催された。そのとき蕪村は改めて、「芭蕉庵再興記」を自筆でしたためて寺に奉納した。このことは、本書にみるように、時代を越えて、各地から俳人を呼び寄せる原動力となった。その意味で、俳諧史に記憶されるべき一事業となったことを忘れてはならない。

これが、芭蕉ゆかりたる金福寺のひとつの意義である。では、蕪村との関わりはどういったことなのか。それは、蕪村およびその一門が芭蕉庵再興に関与したにとどまるものではなかった。

金福寺芭蕉翁墓

我も死して碑に辺せむ枯尾花

この句は、『蕪村句集』冬の部に収められている。前書に「芭蕉翁墓」とあるが、いうまでもなく、本来の墓は膳所の義仲寺にある。ということは、ここでいう墓とは、芭蕉を顕彰する石碑のことをさすかとおもわれる。この碑は、儒者清田儋叟（せいだたんそう）撰、永田忠原書による碑文で、安永六年（一七七七）五月に設営された。なお清田儋叟は、芭蕉庵再興を思いたった道立の叔父にあたる。この石碑をさすと考えると、本句も安永六年作かと推測される。そして、生前の遺志をつげるがごとき句意のとおり、天明三年（一七八三）十二月二十五日に没した蕪村は、翌年一月、この芭蕉碑のかたわらに葬られることとなった。以後、蕪村の門人たちは師をしのぶにあたって、折あるたびに金福寺に足を運ぶこととなった。

この書冊をひもとくと、右にのべた芭蕉庵および芭蕉碑、そして蕪村墓碑にまつわる句文や詩歌が書き連ねられている。記事のいちいちについては、読者各位の繙読にまかせたいが、全体的な傾向と、注目すべきいくつかの事象について言及しておくこととする。

金福寺は、およそ百年にわたって、俳諧にこころを寄せる人びとにとって「聖地」となった。聖地と化すについては、大きくいって、二種類の顕彰記念が存在した。ひとつは、芭蕉ゆかりの施設、すなわち芭蕉庵と芭蕉碑、いまひとつは、蕪村の墓碑である（記事のなかには、芭蕉碑を芭蕉の墓とみなしているものがある）。そこで、本書「金福寺参詣記」の記事や揮毫のうち、「芭蕉」にかかわるものと、「蕪村」にかかわるものとに弁別してみる。ただしここでは、一部の注記をのぞいて、おおまかな分類にとどめ、詳細は本文そのものによってもらいたい。また位置は丁数でしめしたが、表・裏の区別はしなかった。

【壹】

1～39	芭蕉	芭蕉百回忌・芭蕉庵
41～45	蕪村	蕪村妻女「清了尼」埋葬
45～46	芭蕉	芭蕉庵
46～47	蕪村	蕪村三十三回忌

47〜62	芭蕉	芭蕉庵・芭蕉碑詣で
61〜64	芭蕉・蕪村	月居の記事もあり
71〜80	芭蕉	
80	蕪村	蕪村・月居の両墓詣で
81〜105	芭蕉	
107	蕪村	
109	芭蕉	
111	蕪村	
120〜135	芭蕉	123オには、蕪村にも言及あり

【弐】

1	芭蕉	
6〜18	芭蕉	
19〜29	蕪村	蕪村追悼
34〜40	芭蕉	

以上、芭蕉、蕪村、それぞれに関連する記事の概略である。芭蕉・蕪村のいずれでもない空白部があるが、そこにはさまざまなケースが混在している。白紙であったり、絵図であったり、境内周辺の景観を詠じた作品であったりする。内容の逐一については、本文にあたっていただきたい。

総じて見て取れるのは、「芭蕉」に関連する事項・作品が圧倒的に多数を占め、蕪村に関するものは思いのほか少ない、ということである。もちろんなかに、蕪村の三十三回忌句会や追悼会の折の作品群や、妻清了尼影供の記事をみることもできるが、芭蕉百回忌のこと、芭蕉庵・芭蕉碑を目にして尊崇の念をいだくといった事柄・句文がとりわけ目につく。こうした傾向を目にするにつけて、江戸期の俳人たちにとって金福寺は、まずなによりも芭蕉の聖地として認知されていたのだろうと想像される。あるいは、大津・膳所の義仲寺のことを横にして、芭蕉といえば金福寺の名がまっさきに想起されるということがあったのかもしれない。

ひととおり全体を見わたしたところで、次節では、少々まとまりのないかたちになるが、注目すべきいくつかの事柄についてふれておくことにする。

書録瞥見

本書は、金福寺境内にたたずむ、芭蕉ゆかりの遺址と蕪村にまつわる記念物に詣で、その折に詠じた詩歌を記帳した記録につきる。もちろん俳句に関する記事が圧倒的に多くを占めるが、一部に和歌あるいは漢詩の奉納もあった。ただ総体的には、芭蕉また蕪村に俳句を奉じた、シンプルな内容であるといってさしつかえない。だが、書冊を丹念に繰るうちに、かんたんには扱いかねる様相が浮かび上がってくる。前述した、冒頭の年代逆転現象からして、首をかしげるような一事である。そこで、この節では、そうした記事のうち、どうしてもふれておくべきいくつかの問題を取り上げることにする。

まず書き起こし、「はせを庵といふ名のゆかしくて」ではじまる道立の文章だが、この時点で、再興から数えて十三年が経つとし、「百年の闕(けつ)を補ふ」と書かれている。天明元年（一七八一）五月の再建から十三年後は、寛政五年（一七九三）にあたる。すなわち、芭蕉百回忌の年にほかならない。となると、道立の手になるこの文章は、芭蕉庵再興の天明元年のものではないことになる（すでに蕪村は在世しない）。

ところが、すぐつぎの丁を繰ると、芭蕉庵が「天明のけふ再び成ぬ」という、几董の文章が目に飛びこむ。ならばこれ以下の諸句は、天明元年五月二十八日の再興記念句会での作ということになる。『蕪村全集』第九巻（四三二頁）が、すべて天明元年のものとして扱っているのは誤読である。そのうえで、疑問が二点見えてくる。

第一点は、なぜ年代の逆転現象が生じたのか、しかも本書の冒頭から、という問題である。謎解きに資する資料・材料は、いまのところない。ただ憶測が許されるならば、このところは寛政五年の芭蕉百回忌の際に、芭蕉庵再興のときの詠草を編集したのではないか、という想定がうかぶ。編集を企図したのは、道立そのひとだった可能性も否定できないが、たとえば寺の住職のような立場のひとであってもかまわない。時期は、かならずしも寛政五年に限定されない。もしそうであれば、この前後の記事にとどまらず、他の箇所でも編集の手が加わっていることを想像する道もでてくる。

第二の問題は、この天明元年五月の詠草のなかに、蕪村の名が見えないことである。再興記念の日には、「芭蕉庵落成之俳諧」の歌仙が催され、発句「耳目肺腸こゝに玉巻はせを庵」を蕪村がよんだことになっている（寺村家「連句稿」）。だが、本書の発句詠草に蕪村は登場しない。なんらかの事情で蕪村は参加しなかったにちがいない。おそらく蕪村は、事前に発句をつくっておいて、それをだれかに託したのであろう。ただ、三十句めの短句（七七句）に蕪村の名がしるされており、やはり謎は解消しない。考えられることは、だれかの代句であるか、または当日に満尾せず、後日完成させたか、である。いずれにしろ、大きな問題提起となる記事であるといえる。

これに関連する事柄として、81丁以下にみられる蝶夢の記事がある。81・82の二丁の記事と、83～85の三丁にわたる記事と、二種類あるようである（35ウにも、「五升蕎」の名がみえるが、ここでは論外とする）。はじめの記事には、如風・桐雨・浮流といった伊賀俳人ともども金福寺に参詣したときの作がみられる。重厚の名もみえるので、かれが案内したのだろう。ただこれは、前書に「けふこの禅院にまいり、翁の碑を拝し」とのみあり、芭蕉庵完成以前（安永後期）のことと考えられる。

つぎの記事には、冒頭「天明元年十月十日」の日付がしるされる。そして、蝶夢の発句「眼をひらきたまへ紅葉に時雨ふる」に、其川が「むかしをしのぶ発句に頭巾」と脇を付けており、出来上がって半年足らずの芭蕉庵に参ったときのことであるのは明白である。ただし、夜半亭一門の尽力によって再興が成就した旨のことはふれられていない。蕪村と蝶夢の距離をうかがわせる。

全体のなかでことさら目をひくのは、蕪村の妻清了尼を埋葬する場面である（41〜45）。いきなり「かなし」とあって、「与謝清了みたまにまうさく」と切り出し、かの女が文化十一年（一八一四）三月五日に他界して、そのあと金福寺に埋葬されたようすをつづる。そうした文言のなかに、参列した面々の手向けの句が書きつけられている。蕪村が没してから三十年余ものちのことになるが、これほどまで手厚く葬られたことが伝えられるのは異例ではないか。なお「与謝清了」とあり、蕪村の妻とも（清了尼）が丹後国与謝の出身ということが明かになる。

再論になるが、この清了尼逝去の記事は、前項「蝶夢」の記事のかなり後年のことになるにもかかわらず、本書では前後真反対の位置に置かれている。こうした事例が各所にみられる、ということは、編集のあり方と時期が関わってくる。また、来訪者に揮毫をもとめた際、懐紙状の白紙を用意していたのか、あるいはすでに冊子になっていたところに書きつけられたのかも不明である。

「貳」の冒頭に書かれたつぎの一節は、解明の糸口になるかもしれない（読み下し）。

己巳仲秋初十、芭蕉菴を訪う。庵主社簿出して、詩を題するを乞う。

卒然としてこれを書す。

「青柳紫水間人」なる人物は不明だが、かれが寺を訪れると、「社簿」が提示されて、詩を求められたという。ここから想像するに、すでに冊子状のものが用意されていて、そこへ揮毫していったともみられる。ただし、かりにそうだったとしても、それが現存の二冊子そのものかどうかは確定できない。ともかく揮毫時の原装のすがた、現装丁がほどこされた時期などを含めて、これらの解明には、さらなる精査が必要になってくるが、ここでは課題の指摘にとどめておく。

以下、逸聞めいた話題をいくつか取り上げる。

ひとつは「かんこ鳥」がしばしば詠じられていることである。

かんこ鳥啼し梢も烋の声　　来之

かんこ鳥啼すましけり金福寺　　嵐月

両句は、蕪村の「再興記」に、「〽うき我をさびしがらせよ、とわび申されたるかんこどりのおぼつかなきは、此山寺に入おはしてのすさみなるよし」と書かれた文章に依拠している。「うき我をさびしがらせよかんこどり」の句は、芭蕉の『嵯峨日記』にみえる。そこでは「ある寺に独居て云し句なり」とある。この「ある寺」を金福寺に措定できれば問題ないのだが、真相としては、伊勢・長島にある大智院における作という真蹟が現存し、金福寺にみたてるのはむずかしい。だが蕪村の筆で、金福寺にゆかりするという伝承を見せられれば、その引力がまさるということにもなる。ちなみに、「ほととぎす」がよまれるのも、かんこ鳥からの類推かとおもわれる。

また、この「芭蕉庵」については、あたかもかの「幻住庵」になぞらえる発想もあったようである。冒頭部につぎのような発句がみられる。


はせを菴の古砌に、一もとの椎をうつし植て

この椎に魂やどりませ杜鵑　正巴
百年の庭のにほひや椎の花　維駒

再興なった芭蕉庵のかたわらに、椎の木を移植したとある。椎の木は、芭蕉の名文「幻住庵記」（『猿簑』所収）の末尾におかれた、「先たのむ椎の木も有夏木立」の一句によって、「芭蕉」を象徴する樹木となった。それを植えたというのである。いずこから「うつし植」えたとは明示されていない。近江の幻住庵からの移植をおもわせるが、そうと決めつけるのは憚られる。いずれにしても、「椎の木」によって、あたらしい庵を幻住庵に見たてたことになる。この発想による作は本書に散見する。

正巴・維駒両名は、蕪村門に名を連ねる人物であり、芭蕉庵再興記念集『写経社集』（安永五年刊）に、両名とも参加している。これら発句は、金福寺の芭蕉庵を「幻住庵」になぞらえる意図があったことをうかがわせる。ちなみに、現在も金福寺境内、芭蕉庵周辺に、椎の木が少なからず見られる。いずれも百年をゆうに超す樹齢を重ねたすがたを呈している。

あと二点、追加しておくことがある。まずは、参拝したひとが、ときに芭蕉像を拝観していることである。一例をあげる。

翁の像を拝して

しみ〴〵とあへるがごとし花の春　　良水

この芭蕉像だが、おそらく現在もたいせつに守られている、蕪村筆の芭蕉の肖像画のこととおもわれる。これらの記事に接すると、この肖像は、二百数十年を連綿とつなぐ証人のようにもみえてくる。

いま一点は、江戸後期になると、多数とはいえないものの、漢詩作品が目立ってくることである。近隣に石川丈山ゆかりの詩仙堂があるせいかもしれない。あるいはまた、すでにこの界隈が観光地化していて、俳人のみならず、漢詩人にとっても訪ねてみたい寺だったとも考えられる。

書　名

書誌にしるしたように、本書には表題が与えられていない。そのため、本書の一部を抜き出したこれまでの紹介や資料では、さまざまな名称が付与されていた。

「金福寺蔵俳諧資料蕪村追悼句抜書」（蕪村全集・七、九）
「金福寺蔵・揮毫帖」（蕪村全集・九）
「金福寺蔵　諸家蕪村追悼吟詣芭蕉庵吟及同寺蔵蕪村遺物録」（京大潁原文庫）

「金福寺蔵俳諧資料」（浅見美智子編『几董発句全集』）
「金福寺蔵諸家芭蕉庵吟」（蝶夢全集）

いずれも実態を正確にとらえているとはいいがたい命名である。同一書物に、二種類の異る題で紹介する蕪村全集は、ことに問題がある。そこで本書では、かりに「芭蕉庵蕪村碑 金福寺参詣記」（略称「金福寺参詣記」）と命名して世に問うこととした。この趣意について理解が得られることを期待しつつ、以後この書名に統一されることを願う。

最後に改めて、原本を所蔵する金福寺、またさまざまな便宜をおはかりいただいた、小関素明氏に深甚の謝意を表するものである。なお、翻字は主として、富田志津子と藤田がおこない、漢詩のよみは帝塚山学院大学教授福島理子の助力を得た。また翻字の一部と発句索引は、関西大学非常勤講師中村真理、人名索引は富田が担当した。

最後に、出版の援助を惜しまれなかった姫路獨協大学、および出版を引き受けてくださった、和泉書院廣橋研三氏に篤く御礼を申し上げる。

（二〇二二年五月朔日記）

人名索引

【凡例】

○この索引は、『金福寺参詣記』所収の、作品の作者および前書にみえる人名（俳号・別号等）を対象とする。
○数字の①②は書冊「壹」「貳」を示し、そのあとの数字とカタカナは丁を示す。
○姓・名・俳号・庵号・翁など、「人」を表すものをすべてふくむ。
○文字は、原則として通行の字体を用いた。
○俳号は原則として漢音の音読みでとり、一部、訓読みあるいは慣用の読みに基くこともある。姓は慣用の読みとした。
○排列は、現代仮名遣いの五十音順とした。
○最後に難読のものを列挙した。

こ

さ

し

す

せ

そ

た

ち

て

と

な

に

は

俳諧索引

【凡例】

○この索引は、『金福寺参詣記』の初句による索引である。発句のほかに、連句・和歌もとりあげたが、漢詩は除いた。
○文字は原則として通行の字体を用い、踊り字・片仮名は平仮名に改めた。
○見出し語には、発句・連句・和歌の初句をとり、排列は現代仮名遣いによる五十音順とした。
○初句が同音の場合、次に続く句を示して排列し、表記は便宜的に一つの形で代表させた。
○丸数字の①②は書冊「壹」「貳」を示し、そのあとの数字は丁を示す。

編者紹介

藤田真一（ふじた しんいち）
1949年生。関西大学名誉教授。大阪大学文学研究科博士後期課程修了（博士）。専攻、日本近世文学（俳諧）。著作、『蕪村　俳諧遊心』（若草書房）・岩波新書『蕪村』・岩波ジュニア新書『俳句のきた道』など。

富田志津子（とみた しづこ）
1955年生。姫路獨協大学人間社会学群教授。大阪大学文学研究科博士後期課程修了（博士）。専攻、日本近世文学（俳諧）。著作、『二条家俳諧』（和泉書院）・『播磨の俳人たち』（和泉書院）・『姫路市史　第四巻』（共著）など。

小関素明（おぜき もとあき）
1962年生。立命館大学文学部教授。立命館大学文学研究科博士後期課程修了（博士）。専攻、日本近現代史（政治史・政治思想史）。著作、『日本近代主権と立憲政体構想』（日本評論社）・『日本近代主権と「戦争革命」』（日本評論社）・『現代国家と市民社会』（共編著、ミネルヴァ書房）など。

福島理子（ふくしま りこ）
1962年生。帝塚山学院大学基盤教育機構教授。大阪大学文学研究科博士後期課程修了。専攻、日本近世文学（漢詩）。著作、『女流』（編著、岩波書店）・『伊沢蘭軒』（共編著、岩波書店）・『梁川星巌』（共著、研文出版）など。

中村真理（なかむら まり）
1984年生。関西大学文学部非常勤講師。関西大学大学院文学研究科博士課程後期課程修了（博士）。専攻、日本近世文学（俳諧）。論文、「「菜の花」考—新しい季語の展開をめぐって—」（『連歌俳諧研究』137号）など。

芭蕉庵 蕪村碑 **金福寺参詣記**

上方文庫別巻シリーズ10

2022年11月30日　初版第１刷発行

編　者	藤田真一・富田志津子
発行者	廣橋研三
発行所	和泉書院 〒543-0037　大阪市天王寺区上之宮町7-6 電話06-6771-1467　振替00970-8-15043
印刷・製本	亜細亜印刷　**装訂** 森本良成

ISBN978-4-7576-1051-4　C3392　定価はカバーに表示

（姫路獨協大学学術図書出版助成）

秀吉と大坂 ―城と城下町―

大阪市立大学豊臣期大坂研究会 編
大澤研一・仁木宏・松尾信裕 監修

■上方文庫別巻シリーズ6　A5並製・三六三〇円

大坂夏の陣四〇〇年を記念して、専門家が最新の研究成果を書き下ろした論集。眠れる豊臣期大坂城と城下町の姿がここまで分かった。

上方落語 ―流行唄（はやりうた）の時代―

荻田清 著

■上方文庫別巻シリーズ7　A5並製・三七四〇円

落語家がかかわった流行唄の年代考証に、大阪文化の総合的研究を駆使。謎多き時代の近世後期から、明治の上方落語の解明を試みる。

船場大阪を語りつぐ ―明治大正昭和の大阪人、ことばと暮らし―

前川佳子構成・文／近江晴子 監修

■上方文庫別巻シリーズ8　A5並製・二〇三五円

明治大正昭和の大阪人による50の語りを収録。商いを軸とした日常をいとなんだ船場を中心に、旧き良き大阪をありのままに語りつぐ。

再見 なにわ文化

肥田晧三 著

■上方文庫別巻シリーズ9　四六並製・一九八〇円

大阪に生まれ、町人学者の伝統を受け継ぐ著者が、道頓堀・正月行事・上方子ども絵本など、なにわの古今の文化を大阪ことばで語る。

価格は10％税込

管　宗次　著

京　大坂の文人　続々

■上方文庫33　四六並製・三〇八〇円

上方とよばれ学芸学問の中心地だった幕末の京大坂。そこに生きた文人たちの伝記に逸話を加え、雑多で豊かな時代の文芸と文化を紹介。

大澤研一・仁木宏　編

岸和田古城から城下町へ
―中世・近世の岸和田―

■上方文庫34　四六上製・四〇七〇円

岸和田の歴史を、中世史・近世史、考古学、城郭史、都市史などから総合的に解明。第一線の研究者が地域の歴史を徹底的にほりおこす。

権藤芳一　著

戦後関西能楽誌

■上方文庫35　四六上製・三八五〇円

京都観世会館在職三〇年という経歴の著者が、その身近な視点から昭和期後半、戦後関西能楽界の動向を明かす具体的な記録。

管　宗次　著

京　大坂の文人　続々々

■上方文庫36　四六並製・二六四〇円

幕末から明治という時代の変革期、京大坂の文人達はいかにあったのか。豊富な資料や自筆短冊の写真も添え、その姿を浮かび上がらせる。

価格は10%税込

追手門学院大学アジア学科 編

秀吉伝説序説と『天正軍記』(影印・翻字)

■上方文庫37　四六上製・一三〇九円

なぜ豊臣秀吉をめぐる物語は、繰り返し様々に語られるのか。本書では論考六編と秀吉の伝記『天正軍記』を収め、その謎を追究する。

四元弥寿 著／飯倉洋一・柏木隆雄・山本和明・山本はるみ・四元大計視 編

なにわ古書肆 鹿田松雲堂　五代のあゆみ

■上方文庫39　四六上製・二七五〇円

「鹿田松雲堂と私　肥田晧三」(序文)
大阪の老舗古書肆鹿田松雲堂四代当主の長女が綴る、代々の記録と貴重な資料。書物文化史に大きな足跡。

権藤芳一 著

平成関西能楽情報

■上方文庫40　四六上製・四一八〇円

『戦後関西能楽誌』続篇。関西の能楽に注目し続ける著者による現状の報告と動向の分析、展望。雑誌連載〝関西能楽だより〟の集大成。

大阪俳句史研究会 編

大阪の俳人たち 7

■上方文庫41　四六上製・二八六〇円

対象俳人を最もよく知る執筆者が、新資料やエピソードを豊富に用い、大阪で活躍した俳人の《人と作品》を浮き彫りにした。

価格は 10%税込